S P R I N G

每一本好書都是一顆種子，
春天播種在你的心田夢土上。

Spring

S P R I N G

每一本好書都是一顆種子，
春天播種在你的心田夢土上。

Spring

對不起，我想你

Sorry but I can't stop missing you.

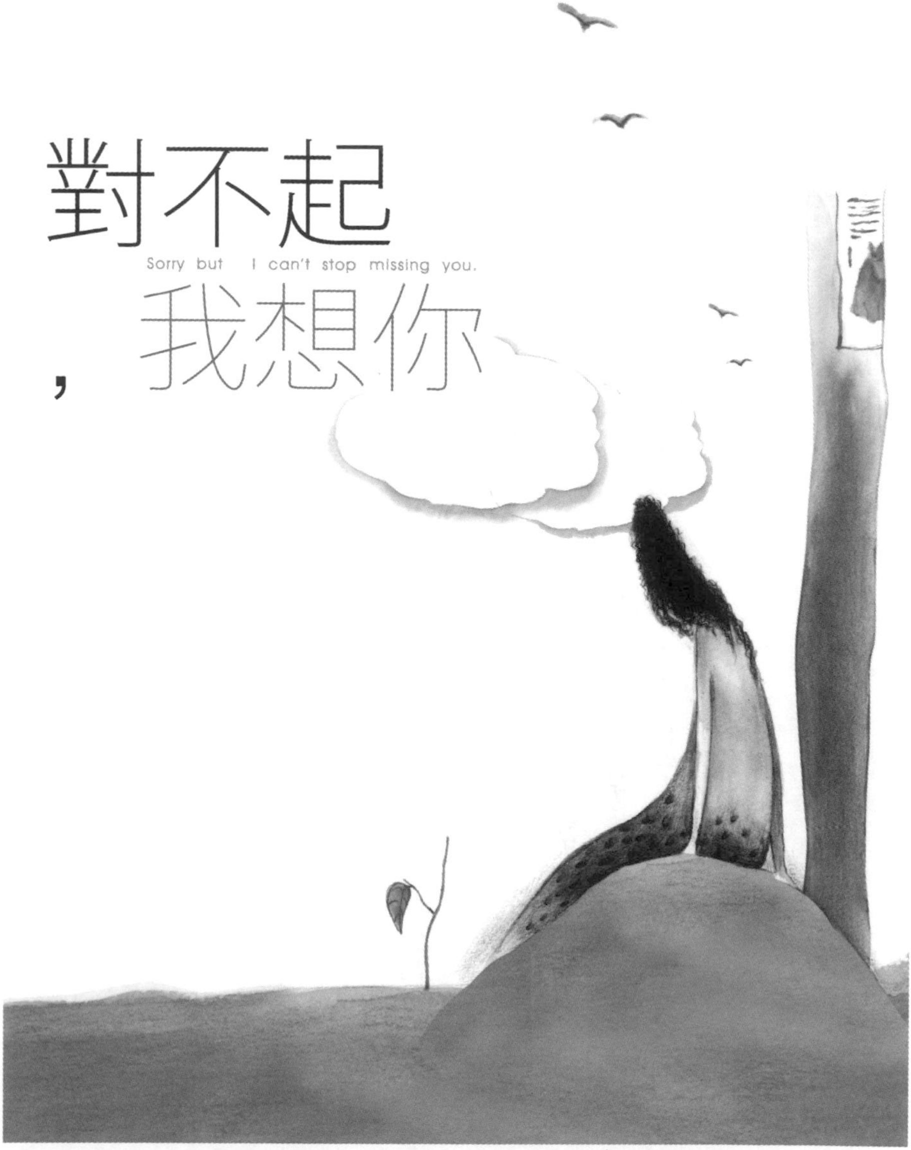

作者序

寫在《對不起，我想你》之前

當初寫《對不起，我愛你》時我其實並不預期它會被出版，因為它不是當時正紅的網路小說，它也不是文學小說，它甚至不太像個小說；如果當時要是有人告訴我，爾後它會出到第三部時，我大概會當對方是在酸我，然後小心眼的把對方列入封鎖從此拒絕往來還在適當時候說些壞話。

而今，它出到第三部了。

因為首先，它並不是很一般的小說，故事性不強，真的不強，就算真有類似故事性這東西存在於小說裡的話，也不會佔用太大的篇幅，反而只是某種義務性質的存在，好讓出版社在決定出版時比較不會皮皮剉；而女主角『我』的OS佔了幾乎全部的重心，並且『我』這位女主角，她也不是一般作家會愛用的那種，搞不好連女配角連路人甲都不考慮的那種，她沒有具體的外表描寫、她沒有典型的女主角要素、她甚至連個名字也沒有。

而今，它出到第三部了。

對不起這系列其實有點像是我寫作時生活的縮影，例如《對不起，我愛你》時那個對於寫作想放棄卻又還是繼續的『我』，例如《對不起，忘了你》裡那個面對感情的挫敗時，不願承認、接受、甚至排斥新戀情的『我』；而書裡『我』則是我所有的作品裡最貼近現實生活裡的我自己：個性差、神經質、愛誇張、小心眼、很記恨。以至於當《對不起，我愛你》《對不起，忘了你》被接受被喜歡甚至被期待時，我的反應會是竊喜會是得意甚至帶點臭屁的跩歪歪，我承認我私心偏好對不起系列，因為它對我而言不只是小說而已。

而今，它出到第三部了。

橘子

第一章

睡覺去。

一覺醒來之後我的曠世鉅作就會蹦地突然出現而且還自己好可愛的Key in好好貼心的自己Mail到出版社。

睡覺去。

一覺醒來之後我被掏空的難看銀行存款就會好奇妙的自己補回來而且還多出幾個零嚇壞郭台銘。

睡覺去。

一覺醒來之後肥胖加菲貓就會好感人的瞬間瘦回小虎斑而且這該死的噁心粉紅小套房也會只是夢一場。

嗯，好主意，睡覺去，聽媽媽的話準沒錯。

「笑死我，你何不乾脆恭喜我得到一百萬算了呢？白痴詐騙集團！老梗得要命！」

這是我開口的第一句話，而時間是下午三點過九分，日期則是我去完法國痛快旅居一整年之後回來的第二天，而當時我正一肚子火的怒視著這一年轉租給淑婷之後變成完全粉紅色（粉紅色牆壁、粉紅色床單、粉紅色傢俱！媽的！）的十坪單身套房，以及驚訝這一年寄養給秋雯之後腫成加菲貓的小虎斑（還給我打飽嗝！娘的！），還有傻眼這一年把帳單和銀行存款寄託給雅蘭之後整個被掏空的數字。

而這會我就接到個號稱是銀行而且宣稱我積欠大筆卡費並且數字還很厲害的腦殘白痴蹩腳詐騙電話。

『小姐，我不是詐騙集團，我真的是啦啦銀行，而妳積欠卡費——』

打斷他，我仗義直言的說：

「笑死我實在，你要不是詐騙集團的話，那我就會是奧黛莉赫本本人而且還正在吃第凡內早餐度他媽的羅馬假期。」

『小姐！我給妳防詐騙專線，妳可以去查證！』

「先生，我給你慈濟的電話，你吃飽了撐著何不去街上扶老太太過馬路？」

然後我就掛了電話，帥到不行的那種掛電話法。

替自己拍拍手叫好喝采還跳了個天鵝湖在空中飛轉兩圈之後，才想到不對不對、該要快快打電話問無恥雅蘭這難看的銀行存款到底媽的怎麼回事時，我的手機又再度響起，而打來的人是我主編：

『喲！大作家！終於回台灣啦？妳知不知道我等到花兒都謝了？』

「喂？」

『怎？去法國旅居一年，想必寫了不少的好小說回來準備幫我們年終加點碼吧？』

這好說。老娘累趴趴的搭十三個小時飛機去到法國旅居、為的可不是寫在台灣就能寫的小說。但無論如何這番實話我是不會告訴這笨蛋的，因為想當初為了弄錢好在法國無後顧之憂的快活度假時，我告訴他的可不是這個版本。

當初我告訴這笨蛋的，是這版本：

「我想到個超級了不起無敵霹靂厲害的小說要寫，包準出了它之後出版社會屌得連樂透都不屑買並且台灣首富換人當。」

『這麼厲害？怎？是哪樣子的小說？丟來我看看。』

嘿嘿，心動了吧，這白痴。

「是還沒動手寫而只是才想到而已，不過我可以好大方的先透露一咪咪，」清了清喉嚨，我試著很姿態的問：「你看過《追憶似水年華》這書沒有？」

『老天爺！妳要寫那麼厚的小說？這不是妳！』

「對，這不是我，所以我不是要寫那麼厚的小說搞累自己和讀者，」又清了清喉嚨，我試著很有這麼回事的再說：「但差不多會是那種程度的了不起，我說、這樣長度就能寫好的小說、幹什麼非得搞那樣的厚呢？吃飽了撐著、浪費紙張嘛我說這是。」

『《追憶似水年華》不是了不起而是個經典。』他更正我，『那、書名叫作是？』

書名叫作是老娘不知道，而且我是臭蓋的，我才沒看過什麼《追憶似水年華》，我只是扯著扯著突然想到它而已。

「書名我要很慎重而嚴肅的想它一想，是差不多得花掉十三個小時那麼久的慎重而嚴肅。」

『十三個小時？為什麼？』

「因為坐飛機到法國要十三個小時呀！笨蛋！」

欠人騙嘛！簡直是……嘖。

『法國？』

「沒錯、法國啊，因為是比美《追憶似水年華》的曠世鉅作哪、老天爺！而且正如你所說的、它可會是個經典，」再度清了清喉嚨，我給自己加加油繼續亂蓋：「所以我當然得媽的親自飛到法國去寫它，以表示我的壯士有斷腕。」

然後他就沉默了。

接著他就明白了：

『我懂了，妳難得主動打電話給我，為的只是想表達妳要去法國這事，對吧？』

這聰明的小傻蛋，真不枉我們認識合作那麼久。

「完全正確，並且我是為了要去寫經典的曠世鉅作所以才累趴趴的把自己送到法國去，還有、它出了之後出版社會連樂透都不屑買還管郭台銘叫作小老弟，這點我得再強調。」

『讓我猜，為了要寫出比美《追憶似水年華》的曠世鉅作於是妳要好壯士斷腕把自己弄到法國去，而根據我對妳多年來的正面了解和側面觀察還有背後賭爛，想必妳之所以特地打了電話告訴我這回事為的就是想要預支版稅，這話可有錯？』

「這話完全對。」

『妳想要預支這本妳聲稱是曠世鉅作的版稅，而、書名妳甚至還沒有想到？』

「因為得坐十三個小時的飛機才能想到哪！我剛不是說了嗎？哎哎～～我說你們藝文界人士有時候真的得把耳朵拿出來用用——」

打斷我，這傻蛋繼續窮追猛打老娘顧左右而言他的問題：

『但萬一妳坐了十三個小時的飛機結果卻還是沒有想到咧？不只是書名哦、甚至是這本書！』

「哦～～老天爺！老娘生平最恨別人唱衰我！尤其傷心別人懷疑我！更別提那人是咱倆合作這麼久、胼手胝足打下江山——」

『好啦好啦，吵死了。』

嘿嘿！得逞了得逞了。

『但為了保險起見，我們得先簽合約。』

簽簽合約就有錢來？簡直比買樂透還好中嘛！哈！

「ＯＫ呀。」

『妳打算花多久時間寫它？』

它叫個啥名字都沒想到、這我哪會知道？

於是我避開這問題而回答其他的：

「我打算去法國住他個三十天，整個好法國南部的那種旅居三十天。」

『什麼時候出發？』

「實不相瞞機票已經訂好了行李也已經弄好就等明天讓計程車把我載到機場丟上飛機。」

冷哼了一聲，這傻蛋說：

『就猜到。』

「還是說你想開車載我一程的話我是不會反對的。」

『妳休想。』

「就知道。」

『大作家，我請問妳，當妳把機票訂好把行李弄好甚至肖想我專車接送時，有沒有動用到一丁點的腦細胞思考萬一我不答應的話，怎麼辦？』

問得好，這我倒是沒想到。

「那我還是會把機票訂好把行李弄好接著請計程車丟我上飛機最後不寫我的曠世鉅作卻寫個《我的主編小氣鬼》然後丟到啦啦出版社去投稿。」

『為什麼是啦啦出版社？』

「因為我聽說你前女友現在就在啦啦出版社，所以我心想他們應該會好有興趣。」

『……』

怕了吧？嘿，再來：

「想想算了啦，書名趕個熱潮叫作是《穿小YG的惡魔》好了。」

我說，然後嘿嘿賊笑，而他聽了之後立刻崩潰：

『哦～～老天爺！我真後悔一時失言告訴了妳這回子事，怎？當妳說自己穿阿媽羊毛衛生衣時、幹什麼我就要基於禮貌回應表示交情坦白說道實不相瞞我穿小ＹＧ？哦～～老天爺！編輯這工作簡直比當警察還危險！』

這就叫作言多必失兼《ㄟ敖。

哈！

「而且想必這書名會勾起前女友好多的回憶，於是很用力的給它推薦好一番。」

『妳簡直是個文字惡魔！』

「別這樣吼啦、親愛的大主編，你每次一激動的時候整個人就活像個娘泡。」

『妳這個文字惡魔！』

「不，我是大作家，而且我要去法國旅居一個月並且想要預支個版稅。」

『對，妳是大作家，而且妳要去法國旅居一個月為的是寫曠世鉅作而非穿小ＹＧ的惡魔！』

「完全正確。」

『下午就滾過來簽合約順便拿支票！』

「順便幹掉郭台銘還屌得買樂透當壁紙，這點很重要、你不可以一直忽略。」

『最好是啦！再會。』

「感謝這位大德，咱倆一個月後再會。」

『一個月！妳少給我爽約！』深呼吸又深呼吸之後，他強調：『還有，我已經改穿ＣＫ了，現在只有每年母親節才會穿回小ＹＧ憶兒時。』

「沒問題，穿ＣＫ的大德，一個月後準備家裡換壁紙兼把台銘叫小郭吧。」

『一個月，妳給我記住了，再會！』

「只有每年母親節穿回小ＹＧ憶兒時的這事也要記住嗎？噗哧～～」

『氣死我！妳慢走！』

「謝你啦，我不送。」

哈！贏了贏了贏了！

結果成功弄到旅費之後，我待的不是一個月卻是一整年，而至於那本傳說中比美《追憶似水年華》、出了之後出版社會屌得買樂透當壁紙貼還管郭台銘叫小老弟的曠世鉅作則是還不知道在哪個天空飛；以至於這會當手機響起小ＹＧ的來電時，我做的事情不是應對他卻是喂喂喂假裝收訊不好然後快快掛掉而且還關機，然後像個好女兒般的聽媽媽的話立刻睡覺去。

睡覺去。

一覺醒來之後我的曠世鉅作就會蹦地突然出現而且還自己好可愛的Key in好好貼心的自

己Mail到出版社。

睡覺去。

一覺醒來之後我被掏空的難看銀行存款就會好奇妙的自己補回來而且還多出幾個零嚇壞郭台銘。

睡覺去。

一覺醒來之後肥胖加菲貓就會好感人的瞬間瘦回小虎斑而且這該死的噁心粉紅小套房也會只是夢一場。

嗯，好主意，睡覺去，聽媽媽的話準沒錯。

第二章

一杯咖啡的沉默之後，我望著雅蘭打包給我的兩盒焗烤飯，打從心底的替自己感到丟臉。

『吃飽一點然後把該寫的曠世鉅作寫出來，這樣一來問題就都解決了。』

我還是沉默。

而雅蘭嘆了口氣，接著掏出兩百塊錢遞了過來：

『搞不好曠世鉅作在計程車裡，妳拿去吧！像個大人一樣，把自己惹出來的亂子處理掉。』

接過兩盒焗烤飯，退回雅蘭的感人兩百塊，我用盡全部的力氣佯裝堅強：

「不用了啦，我的曠世鉅作在捷運裡，而我自己知道這件事。」

睡了個長長的好覺、長到膀胱差點爆開之後，我把自己梳洗打扮妥當，逃離這個噁心粉紅小套房，然後跳上計程車奔到雅蘭工作的餐廳向她秋後算帳順便來頓霸王飯吃吃。

在這美美的義大利餐廳裡我把昨天因為睡覺於是錯過的份量給一口氣吃回來，於是在嗑完一份凱撒沙拉、兩盤義大利麵、三塊提拉米蘇、最後喝掉四杯拿鐵作為句點之後，這我才終於有力氣火力全開的對著坐在我對面、整個人驚訝到恍惚的無恥雅蘭炮轟：

「可惡！還錢來！妳這棄多年友情於不顧的貪財鬼！」

『妳是幾年沒吃飯啦？』拿起被我清空到整個潔淨的餐盤：『我看這盤子就說是洗過了也沒有人會懷疑吧？』瞇著小眼睛往盤子照了照，『老天爺！我甚至可以把它當鏡子照耶！』

「這算是有矜持了，老娘昨天被妳們火大到錯過晚餐跳過宵夜略過早餐等過午餐，照我說妳該再去弄兩盤焗烤來餵餵老娘我這才說得過去。」

『嘖嘖嘖，妳這個無胃人，要我照妳這吃法準得仰臥起坐到脫肛才能再把自己塞進牛仔褲裡。』

「這好說，老娘唯一的優點就是有個不識愁滋胃，唯二的優點就是朋友A我錢、而我還願意坐在她對面！」

『妳被A錢？哪個活膩了的傢伙？妳主編？』

「妳。」

然後雅蘭就開始大呼小叫了起來：

『老天爺～～好心給雷親哪我說這是。』

「少演戲了妳這小王八蛋！棄多年友情於不顧的貪財鬼！還錢來！可惡！」

瞪著我，雅蘭好嚴肅的說：

『把妳嘴裡的牙剔乾淨然後跟我一起回想，用妳的不諳現實腦回想！』

牙剔乾淨，腦子回想，和這雅蘭：

『那天，某人說要去變成法國人妻的大學同學家旅居一個月，所以把帳單和存摺交給我幫忙處理，這話可有錯？』

「這話對極了。」

『接著一個月之後，某人說住古堡太過癮簡直活像在演童話故事睡美人，所以決定再延一個月，是吧？』

「是滴，而且在古堡裡跳天鵝湖真的他媽的有對味，那房間簡直大到塞個交響樂團也不成問題。」

『再一個月之後，某人又說普羅旺斯太美麗，只住兩個月簡直對自己不起，是吧？』

「沒錯，每天我都以為自己醒在電影裡，活像一走出大門李奧納多就會遠遠向我走來還衝著我喊聲 I'm king of the world!」

『接著又是下個月，某人說威尼斯聽說會沉掉，所以得趕緊在這之前就近去坐他一坐貢多拉，對吧？』

『對透了，而且搞什麼義大利連搖貢多拉的船伕都帥成布萊德彼特，搞得我也想嫁到義大利去當人妻。』

『妳少害義大利男人以偏概全恨透台灣女人。』

「隨妳怎麼說。」

翻了翻白眼，雅蘭決定繼續說：

『接著又是下個月，某人說都去到法國卻沒去巴黎喝他媽的左岸咖啡簡直有辱國面，對吧？』

「正確，而且喝了之後才發現原來拿鐵在法國指的是紅茶，真是他媽的呿～～誰會想要累得趴趴的去到正港法國左岸為的只是喝他媽的鬼紅茶？我家立頓茶包泡來都比它還優，而且喝紅茶就是得要加紅糖，這點我很堅持。」

『接著又是下個月，某人說接到了小俊的邀約要去英國住他兩個月，反正剛好可以省下機票錢，這樣何樂而不為，是吧？』

「是呀，而且倫敦真他媽的鬼天氣、每天每天的陰沉沉，更別提街上又佈滿了攝影機，簡直侵犯我的隱私權還有肖像權，害我那兩個月過得超不自在的、差點被害妄想症又復發。」

『接著兩個月之後，某人又說荷蘭風車很有趣，接著又是兩個月，某人聲稱瑞士阿爾卑斯山只要是人都該去，最後剩下一個月，我望著某人的銀行存款在心底祈禱那女人聰明點就別回來！』

哦……真沒想到雅蘭的丹田這麼的夠力。

「噓～～小聲點小聲點，這位少女，我的耳膜都快被妳給震破了，妳要不要去瞧瞧窗上玻璃還安好否？」

不管我，她繼續吼：

『這位阿桑！不食人間煙火真他媽的無後顧之憂在歐洲快活一整年的阿桑！當妳在國外賞雪看風車賭爛倫敦攝影機有夠多的時候，有沒有想過妳已經很久沒寫作而錢會從哪裡來？從天上掉下來嗎？還是從床底下噴出來嗎？妳這白痴！白痴！』

「再版版稅呀。」

理直氣壯的，我回答。

什麼都不懂嘛這臭雅蘭，簡直把人給瞧得扁扁的，完全沒有意識到眼前坐在她對面蹺著二郎腿，愉快剔牙齒、喝著熱拿鐵、還準備幹走桌上糖包奶油球的高中同學我，如今可是個暢銷女作家哪！這可是我多年的努力、辛辛苦苦熬夜筆耕、還差點因此五十肩以及媽媽手才得到的五個字哪、這暢銷女作家！什麼都不懂嘛這白痴！

一回神，這白痴居然還在數落我的不是：

『……差不多是在某人對著荷蘭風車放屁——』

「等一下，妳怎麼知道我在看荷蘭風車時是有在偷偷對它放屁？我明明就記得有忍住沒說的。」

『不用妳說、我用屁眼想也猜得到！妳以為這十年我是白認識妳一場嗎？』

「算妳狠！」

『差不多是在妳對著荷蘭風車放屁丟台灣人的臉——』

「再等一下，我當時有頻頻說日文假裝我是日本人藉此丟日本臉，我的這點愛國心很重要，妳不可以忽略它。」

『妳到底要不要讓我講完呀？』

我就是故意不要讓她講完。

差不多是在我準備撤離荷蘭再進軍瑞士上他媽的阿爾卑斯山放個雪中屁時，雅蘭就在電話裡警告我銀行存款快用完了，但我當時心想又不是第一天認識她而是第十年認識她了，再加上那天好像剛好是愚人節的樣子於是我只當她是開玩笑、而且還很難笑，所以管他去的我繼續往我的阿爾卑斯山前進去，途中還好貼心的打了電話給主編提再版版稅怎麼沒進帳的事，結果那小子不知道是剛好失戀還是便秘很久或者其他什麼的，竟然歇斯底里的告訴我再版版稅早已經入帳而且很久了！於是我試著好天真的說那再再版版稅可以先入帳沒關係我不介意，結果這小子肯定是失戀兼便秘，因為他接著更歇斯底里的問我他媽的傳說中的曠世鉅作到底在哪裡！

「先匯再再版版稅給我，這樣明天我才要把曠世鉅作丟給你。」

我說，然後在心底壞心眼的補上這麼一句：如果阿爾卑斯山上有網路的話。

哈！

哈個頭啦！

人是會有報應的，這就是此時此刻的我得到的最大領悟。

『所以妳現在欠的不只是銀行的卡債，還有出版社的稿子？』

一回神，這個不懂得察言觀色的笨女人竟還在繼續往下說去。

『因為再版版稅他們又緊急結給妳，但顯然普羅旺斯太美麗，因為當妳回到哪裡的不久之後，妳的銀行存款又告訴我這下子好玩了，妳還有點腦細胞的話根本就該留法國演妳媽的睡美人妄想和李奧納多手牽手鬼喊鬼叫著 We are king of the world!』

「我又不是王又曾，還債留台灣遠走天涯咧。」

『別開玩笑了，因為我要是妳的話早就咬舌自盡了。』

「好吧那說正格的，我不是回普羅旺斯，而是去了米蘭好帥的狠狠刷卡血拼好犒勞我這一年來的旅途辛勞，我聽不出來這有什麼不對。」

雅蘭瞪我，顯然這非常的不對。

『所以呢？妳傳說中的曠世鉅作到底在哪裡？』

「在我腦子裡。」

『那妳腦子在哪裡？』

「我的腦子還在坐飛機，奇怪為什麼十三個小時飛了一整年還飛不完。」

『妳該死了妳。』

「妳可不可以借我錢買機票逃回法國人妻同學家？我想我可以當當女傭沒問題，因為我真的好愛吸地板而古堡可不缺地板讓我可以愉快吸上一整天。」

『妳又不是王又曾。』

「說的也對。」

說的也對。

一杯咖啡的沉默之後，我望著雅蘭打包給我的兩盒焗烤飯，打從心底的替自己感到丟臉。

『吃飽一點然後把該寫的曠世鉅作寫出來，這樣一來問題就都解決了。』

我還是沉默。

而雅蘭嘆了口氣，接著掏出兩百塊錢遞了過來：

『搞不好曠世鉅作在計程車裡，妳拿去吧！像個大人一樣，把自己惹出來的亂子處理掉。』

接過兩盒焗烤飯，退回雅蘭的感人兩百塊，我用盡全部的力氣佯裝堅強：

「不用了啦，我的曠世鉅作在捷運裡，而我自己知道這件事。」

並且：

「謝謝妳這一年來幫我處理這些煩人事，還有，誤會妳A我錢真是有夠難為情。」

『沒關係，因為換作是我的話，也會打從心底認為是妳A錢而且毫無疑問。』

「謝謝妳，不過、我寧願妳沒補上這一句。」

『哈！』有夠得逞的笑了起來之後，亮著小眼睛，雅蘭又說：『快滾回現實世界吧！妳這個好命慣了的大作家。』

「好滴，再會。」

『等會，且慢。』

「啥事？」

『忘了說，最後一個月我還幫妳代墊了七萬八千九，這錢妳得記得還，因為妳曉得、老娘賺的可是辛苦錢。』

會還才怪。

「走先。」

『別忘。』

「會忘。」

然後我就快快的滾了，滾回這該死的現實世界。

拎著兩盒要當作晚餐和宵夜的感人焗烤飯，跳上討厭透了的捷運，我在心底這麼告訴自己：對！像個大人一樣，回家去，寫小說，會把樂透當壁紙、還喊郭台銘作小老弟的那種曠世鉅作。

對！就這麼辦！

第二章

是的，我寫不出來了。

老天爺本來就沒道理要送我的禮物，而今祂毫不客氣的拿回去了，可能我壞事做多了，壞話說多了，我不曉得。

是的，我寫不出來了。

因為那一段、太傷了，而我、空了，整個人空了。

是的，我寫不出來了。

一年前我就想講的話，可是卻沒有對象可以說出來的話，不能跟主編講，更甚至連對好姐妹們說了也只被當作是純抱怨開玩笑耍任性的話，說了也沒有人會信的話，我知道，我平常太愛開玩笑了，而今老天爺就覺得這樣好像也好玩似的、開了我這麼個玩笑。

是的，我寫不出來了。

因為這個世界上，總有個男人，我寫他不完。

而我，不敢寫了。而我，怕了，空了，沒了。

「怎麼辦？我寫不出來！我他媽的把鉛筆咬碎把電腦瞪破怎麼就是寫不出來！」

這會，我帶著肥虎斑來到嫁給人去的秋雯家吃她一頓愛心午餐，外加一頓愛心午茶，再來一頓愛心晚餐，而且還有夠心重的打算賴到她的愛心宵夜買來之後才準備要撤。

『多吃點哦，媽媽兩天沒有看到你好想你哦～～』

『喵嗚～～』

「老天爺！我簡直不敢相信上帝居然對我這麼狠！曾幾何時、我說的是曾幾何時哪老天爺！」用眼角餘光偷瞄秋雯一眼，結果這女人居然還在跟肥虎斑呵呵的專心玩；嘖，算了不理她，我繼續：「曾幾何時寫作對老娘而言簡直是比唱國歌還容易哪！都事過境遷了、我說的是事過境遷哪！」

『好好好，媽媽給你搔搔背哦～～好口憐喏、才兩天不見，瞧瞧你臉都尖成瓜子臉了，捨不得捨不得。』

『喵嗚～喵嗚嗚～～』

「那該死的沒人性主編居然還給我每天每天的奪命連環催哪！老天爺！雪上加霜嘛我說這是，他以為電話拼命打我就會好神奇的撲通一聲蹦出個小說來嗎？什麼都不懂嘛那文盲！什麼都不懂！沒有人了解我！沒有人！」

『要喝水水嗎？好好好，媽媽這就給你倒水水喝哦～～』

『喵——』

巴了一下肥虎斑的頭警告牠別再喵喵叫的吵死人、識相點就該去跑個幾圈減減肥，忍無可忍的、我說：

「喂喂喂！做給誰看哪、我說這位陳太，搞什麼老娘在這裡劈哩啪啦的講了半天，妳倒是理也不理就光顧著和這肥貓扮家家酒玩親親？」

『喲！做給妳看啦、我說這位大作家，我真開心原來妳也曉得自己劈哩啪啦的講了半天啦。』

好說！哼！

『我問妳，當初是哪位少女聲稱要寫個了不起的曠世鉅作於是執意飛到法國去快活一整年？』

「我倒是才想問妳，當初又是哪位少女千拜託萬請求、只差沒有淚眼相求，結果那位太太才願意收留小虎斑？現在又是怎麼著？左一聲媽媽右一聲媽媽的咧！妳曉不曉得國外有位飼主因為養的狗過肥於是被判緩刑呀？」

『我回答妳，貓就是要肥才可愛！再說、反正我人在台灣，哈哈哈。』

「無恥。」

『好說！』清了清喉嚨，秋雯開始回述這一年來的轉變：『前半年老娘也是看牠一次就不爽一次，喵嗚喵嗚的吵死人！更別提三不五時還蹭我腳邊撒嬌著要人給牠搔搔背，怎麼？我是欠牠的不成啦？煩都快把我給煩死了！搔？我不揍牠算客氣了、還搔！難怪妳當初逗貓棒不是用來逗貓卻是用來揍貓。』

「前半年？那意思是後半年發生了什麼鬼？妳想不開要這樣把我家小虎斑海灌成個加菲貓？」再用眼角餘光瞄了一眼如今彷彿變成是秋雯小孩、而且還冷眼瞄我的這見風轉舵貓，我實在是有夠受不了：「老天爺！為什麼貓一肥看起來就跩得欠揍咧？」

『妳敢揍牠就給我試看看！』

「我這就——也罷。」

見我識相收手之後、秋雯把即將往我飛踢過來的腿收回，瞬間換了表情、這女人好害羞的說：

『因為我懷孕了。』

我尷尬。

『所以母愛過度無處發揮只好找妳家小虎斑先練習練習。』

我想逃。

我轉身逃。

『妳給我站住！』

不妙，看來是要被她給識破了。

『老娘肚子都大了六個月，妳在這耗了一整天該不會是完全沒發現吧？』

「哈，哈哈。」

『而且最好是看不出來這是懷孕六個月卻還當我是婚後爆肥吧？』

「哈哈，哈。」

『妳該死了妳！不踢青妳小腿骨我老公就陽痿！』

「別、別這樣嘛～～會動到胎氣的喲。」

『管妳去死，啊喳～～』

「喂喂！小虎斑！護駕呀你！」

牠不鳥我。

「哎喲，吵什麼呀妳們倆？」

謝啦！淑婷，在這緊要關頭出現救了老娘的小腿骨一命。

等一下……這裡有個什麼不對——

「等一下，妳幹嘛今天就來？我們不是約了明天見？」

『秋雯說妳今天會來，所以我等不及要扛我的Burberry們啦，嘻～～』

該死！那我明天找誰請吃飯去？

「也罷，一手交錢一手交貨。」

用水汪汪的大眼睛電我，淑婷嘟著小嘴巴有夠不滿的囉嗦道：

『嘖！怎麼一年不見妳還是這副德行呀？』

「告訴妳，就算是十年不見，我還會是這副德行的！妳覺悟吧！」

『我早就覺悟了。』

「倒是妳，幹什麼把我的套房搞成整個粉紅色，害我這兩天睡覺噁得直做惡夢還差點因此胃下垂。」

『拜託，我在家裡住了二十幾年，難得有一年可以獨居在外面，當然要住在我夢寐已久的粉紅小套房裡呀。』

「但連衛生紙都是粉紅色會不會未免也太過分了？」

『這哪過分？明明就是順便幫妳增增女人味啊。』

『這麼說，我應該幫她佈置成佛堂，讓她好能慈眉善目點，呵～～』

『笑死我，妳應該幫她佈置成海洋世界的，好讓她能心平氣和點，哈～～』

『那我說，應該——』

「有完沒完呀妳們？再唱雙簧下去我就放火燒了這堆Burberry。」

然後淑婷就立刻閉嘴了。

一手交錢，一手交貨。

真是太好了，這下子明天總算不用再過著騙吃騙喝的生活了！嘖！說來也真是夠心酸的，為什麼一樣是狠狠刷，淑婷這女人卻眼都不眨一下、而我卻得這麼的窮途末路灰頭土臉還騙吃騙喝呢？不公平～～

「倒是，妳跟小俊怎麼啦？搞什麼他從英國打電話給我相約倫敦見還遊他媽的劍橋咧，簡直活像在演人間四月天搞得我幾乎都想來一句『可知你拉扯的是我肉做的心哪！』了。」

『她拉扯的確實是他肉做的心沒錯，噗哧！』

秋雯用一種壞心眼姐姐正在打惹麻煩妹妹的打小報告嘴臉說，而至於這位惹麻煩妹妹則彷彿置身事外、事不關己般的低頭忙著檢視她眼前這一缸子的Burberry們。

「咦？怎麼回事？方便的話請用白話文說，妳知道——」

『我知道，妳雖然是個文人但有些話還是用白話文說大家會比較好懂一點。』有夠不耐煩的把我正想說的話說完之後，秋雯就用白話文這麼說了：

『他們分手啦！妳連這個也不知道？當你們在演人間四月天的時候怎麼小俊沒有告訴

妳？』

「呃……沒有耶。」

『想必當時妳一直在忙著說自己的事吧？所以才會忙得問也沒問幹什麼小俊突然決定遠走高飛離開這傷心地去到英國留學吧？』

「唔……這個想必沒有錯。」

我說，然後秋雯有夠小人的趁我不備踢來一腳，這女人！君子報仇三年不晚，到時就別怪我對著她小孩的臉放屁！

哼！

「分手？怎麼可能？當初某人難道不是哇啦哇啦的扯了一缸子的漂亮話，還差點沒把我給肉麻到把頭泡進工業酒精裡好消毒消毒我耳朵？」

『因為我想通了。』

終於清點完心愛Burberry們的淑婷這會回過神來，依舊是一點心虛一點內疚也沒有的，她說：

『我已經不想要再談戀愛了，每天談情說愛的簡直浪費我的生命，我從幼稚園就開始談戀愛了，已經浪費了這輩子在談情說愛上面，也該好好的用我媽生給我的好腦子為自己做點事了。』

「怪咧?妳媽啥時候有生腦子給妳了?怎麼我不知道這件事情。」

本來以為秋雯會接我這話唱起雙簧的，但是結果她沒有，秋雯好正經的說：

『她媽不但生了腦子給她，而且還是個會賺錢的好腦子。』想了想，秋雯決定補充說明：『雖然這件事情她也是活了二十幾年之後才知道。』

『喂。』

「此話怎講?」

此話這麼講。

淑婷懷裡揣著她心愛的Burberry們，難得好嚴肅的細數這我錯過的一年，我錯過的小富婆淑婷。

天曉得哪天醒來淑婷突然一個念頭閃過，然後沒道理的決定她再也不要每天起床為的是把自己打扮得美美的，睫毛刷得翹翹的、嘴唇塗得嘟嘟的、腮紅抹得嫩嫩的、裙子穿得蓬蓬的、聲音說得柔柔的、笑時還不忘記遮嘴巴，活像個完美的、迷死男人的芭比娃娃真人版那樣，為的就是讓男人欣賞讓男人瘋狂讓男人愛上她讓所有女人賭爛她！

『我突然覺得把自己的價值建立在男人看我的眼光裡是無知的。』低頭吹了吹美美的水晶指甲，抬頭淑婷用一種女明星瘦身有成的口吻說：『我幹什麼要用有幾個追求者來衡量我這個人的價值呢？』

「妳不是淑婷，把淑婷的人皮面具脫下來！」

『這話我一年前就告訴過她啦！老梗！』

『我說真的，我只是突然覺悟了，幹什麼我非得要有男人愛才能覺得自己可愛呢？』

「……」

『這話在一年後聽來我還是覺得沒有說服力。』

不想要再繼續過著這種無知芭比娃娃生活的淑婷終於把她娘生給她的腦子給拿來用它一用，接著她打了個電話給某任甩掉了的男朋友問問關於那傢伙是怎麼靠股票賺大錢的這回子事，接著掛上電話之後淑婷不是答應對方的晚餐邀約卻是一頭鑽進股票的研究裡，再接著半個月左右的時間過去，淑婷變賣了所有被送的ＬＶ然後拿這筆錢開始嘗試性的玩起股票來，再接著半個月左右的時間過去，淑婷儼然成了個股票達人、動不動就可以飆出幾句專業術語、丟出幾個不久之後會海漲的名字，接著再半個月左右的時間過去，淑婷賺起錢來簡直比吹口哨還容易。

就是在這時候，淑婷轉過頭看看她身旁的小俊，然後喝了杯咖啡，說出那句已經被用到臭掉的老梗台詞：

『我覺得我們再這樣下去是不行的。』
並且：
『或許你該追求個更好的人生而不是把時間浪費在談情說愛上面。』
然後：
『我們分手吧，等你錢賺得比我多時再回來找我。』
還有：
『我一定不會等你，但我希望分手後你要過比現在更好更成功，這才不枉費我跟你交往
然後分手。』
最後：
『呀嗚～～』
這是小俊當時的反應，呃……還有之後半年的每天夜深人靜午夜夢迴時。
『我知道我當時的做法說法有點直接所以顯得殘忍，但是相信我，痛定思痛之後，小俊
會感謝我的，這就是所謂的成長嘛，呵～』
好迷人的呵呵笑著，淑婷在迷人的呵呵笑裡從香奈兒皮夾裡又抽出一張支票而且還是遞
來給我，我一看上面的數字厲害到剛好是我需要拿去還債給銀行的那種貼心程度。

「這幹嘛？」

『先拿去還銀行錢，雅蘭都告訴我了。』摸了摸我的頭，淑婷好溫柔的說：『光循環利息就夠妳受的了，所以、與其欠銀行，不如欠我比較划算一點，這是妳的高中同學兼理財達人我給妳的專業建議。』

突然的，我又替自己覺得難過了起來，好感傷的、我問：

「妳難道不怕我還不出錢嗎？我相信關於我裝死要賴皮的本事妳們應該領教很多年了才對。」

『我沒有要妳急著還，但我相信妳會還完的。』並且：『我們這十年的感情不是只值這些錢而已。』還有：『如果這些錢就能買到我們十年的感情，那我寧願當作是花錢買個懂。』

「為什麼？」

『因為循環利息很重沒道理呀。』

「為什麼？」

『因為我知道妳家在哪裡，妳賴不掉的啦。』

「為什麼？」

『因為反正老娘有錢、妳管得著！』

「為什麼？」

嘆了口氣，淑婷終於據實以告：

『因為我怕妳回過頭去跟賴映晨借錢，我知道他有錢，很有錢，而且不但是借甚至是送給妳，可是說真的，拿男人錢不是辦法，尤其是前男友，女人不應該是這樣子當的，我不想看我的朋友不起。』

「……」

『還有，老去雅蘭餐廳白吃白喝會害她丟飯碗的，還是到我家吃飯吧，不缺妳這雙筷子。』跟著也摸摸我的頭，秋雯說：『在妳能養活自己之前，小虎斑先放我這裡養，同意嗎？』

我同意，而且還沒用的哭了起來。

為什麼呢？為什麼會這樣呢？為什麼同樣是一年的時間過去，她們的人生過得像是快轉一樣，而我卻反而越活越倒帶呢？為什麼一年的時間過去，雅蘭從小小的餐廳領班升到大大的副理、對著工讀生們頤指氣使大呼小叫，秋雯不但愛上了貓不說、而且還給搞大了肚子即將要當媽，淑婷這小王八更甚至是成了理財達人變了好一個小富婆，而我呢？小說寫不出來，欠銀行一大堆錢，被主編狠狠催，養自己不活，連貓都要送人，連公寓都變成噁心粉紅色，我的人生是哪裡出了問題呢？

「我的人生到底是哪裡出了問題呢？為什麼妳們升官妳們發財妳們結婚還生子，而我卻越活越回去、越活越失敗呢？」

『哎呀！妳只是不應該一時任性執意要去法國而且還媽的一去就是一年，沒什麼問題，就算有、也會解決的，因為我們都已經是大人了嘛。』

『就是說，寫小說在台灣寫不就好了嗎？幹什麼一定要去法國呢？而且一去就是一年，而且還去的不只有法國，老天爺！』

在她們的數落聲中，我終於說了一年前就想講卻怎麼也說不出口的話，我據實以告：

「我就是寫不出來了才想去出國走走的，剛好法國同學又找我去住住古堡轉換轉換心情，所以我就好愉快的答應了；只是我沒想到去了之後還是寫不出來，我很難過，我一難過就想逃，逃到別的國家去，去狠狠花錢花個夠！」

『為什麼寫不出來了？』

秋雯問。

「我不知道。」

『為什麼寫不出來了？』

淑婷問。

「可能是我想寫的都寫完了，我江郎才盡了，老天爺把送給我的禮物要回去了。」

『為什麼寫不出來了?』

她們問，在眼淚裡，我聽見自己終於誠實了:

「因為我空了，那一段，太傷了，」把臉埋進膝蓋裡，我好難過:「和賴映晨分手之後，我每天每天都好難過，我表面上還是這個我，可是實際上我已經不是這個我了，這麼說妳們懂嗎?」

『嗯。』

『懂。』

「我筆一拿起來就想寫他，老天爺、這怎麼行?我是寫小說又不是寫日記，這怎麼行?所以我覺得好害怕，我想逃，我受不了。」

『沒關係。』

『每個人都會有這樣的時候，不用覺得丟臉哦。』

「可是我就是覺得好丟臉，說分手的人是我，結果忘不掉的人卻是我，傷透心的人也是我，這怎麼行呢?妳們都一個一個的往前走了、往人生中的下一格前進了，可是我還在原地一直踏步，我還在失戀，我已經媽的幾歲了我還在失戀!而且還不敢哭!難過得要命還不敢哭!因為我已經是大人了!我已經是他媽的大人了!」

『嘿!沒關係啦，凱莉還不是三十好幾了還在失戀?』

「我不要當媽的凱莉，我不要三十好幾了還在失戀還在哭，我——」

我哽咽得說不出話來。

是的，我寫不出來了。

老天爺本來就沒道理要送我的禮物，而今祂毫不客氣的拿回去了，可能我壞事做多了，壞話說多了，我不曉得。

是的，我寫不出來了。

因為那一段、太傷了，而我、空了，整個人空了。

是的，我寫不出來了。

一年前我就想講的話，可是卻沒有對象可以說出來的話，不能跟主編講，更甚至連對好姐妹們說了也只被當作是純抱怨開玩笑耍任性的話，說了也沒有人會信的話，我知道，我平常太愛開玩笑了，而今老天爺就覺得這樣好像也好玩似的、開了我這麼個玩笑。

是的，我寫不出來了。

因為這個世界上，總有個男人，我寫他不完。

而我，不敢寫了。

而我，怕了，空了，沒了。

第四章

妳還愛他嗎？

此時此刻，在一個人的星巴克裡，我也這麼問自己；對著眼前的焦糖冰咖啡，我回答：是的，我還愛他，說分手的時候我還愛他，在分手之後的每天每天我都還愛他，我還愛他，掛念著他，千真萬確到讓心傷透，千真萬確到我一直逃，我逃呀逃的，逃得了自己卻逃不了思念。

是的，我還愛他，是的，我還愛他，他媽的還愛他！可同時我也知道不該再愛他了。

愛上活在回憶裡的男人……太寂寞了。

我是我，我有情感潔癖，我沒有辦法忍受自己是個替代品，我也不想要這樣彆扭，但我就是這樣，只是那又怎樣？

我沒有甜似糖的笑，我笑起來很僵、像是剛被罵過還得擠出微笑來，但、那又怎樣？我是我，我接受這樣的我自己，接受，而且試著喜歡。

那又怎樣？

能哭是個幸福，尤其當眼淚並不孤單時。

哭過之後回到家時我覺得心情很好，天氣很好，連淑婷到底媽的要不要送我的Burberry皮夾都隨便她好。

唯一不好的是，小ＹＧ又來了奪命電話叩，而這次很該死的我一個兵荒馬亂不小心就按到接起。

「喂？喂喂喂？」

『換個新梗吧大作家！』小ＹＧ冷笑，『每次都用收訊不良的這招妳不累我都煩了。』

嘖，也罷，反正都被識破了、不如我就直直的給他說下去；用一種囂張的無賴，我說：

「告訴你，小說還沒寫出來，你再怎麼叩也是沒用的，因為沒有就是沒有！你就算把我關進牢裡去夾我手指頭用水柱往我肚皮沖，寫不出來就是寫不出來！哼！覺悟吧你！」

『早猜到啦，大作家。』

「吼～～那你早講嘛！害我一直躲你電話很累溜！混帳！」

『我一直打妳電話為的就是要告訴妳，小說寫不出來沒關係，活該妳一直躲我電話把自己搞累，我故意的，怎樣？』

混帳！

「那你起碼傳個簡訊是不會哦？好歹我們這麼多年感情、共同打拼江山哪！說來、你這幾年的年終獎金也該分我一點吧?」

不鳥我，他又說:

『妳難道不知道男人不愛傳簡訊嗎?暢銷女作家，嗯?』

好呀、再酸我沒關係。

「我確實是知道男人不愛回簡訊，但我不知道小YG也算其中之一。」

『妳!』

哈哈哈，又贏了又贏了又贏了。

『別再提小YG了看在我們這麼多年感情、共同打拼江山的份上!』一字一字的、小YG咬牙切齒說，『還有，總之、小說妳不爽寫就不要寫沒關係，老子也沒時間空等一部壓根不存在的小說!』

真的假的?這傢伙是吃齋唸佛轉性了不成?

「你是喝醉了還是失戀了?怎麼會說出這麼有人性的話來?這不是你喲，我親愛的沒人性主編。」

『儘管笑吧!我親愛的白爛大作家，趁能笑的時候多笑笑也好。』

不妙。

「啥意思？」

清了清喉嚨，這小ＹＧ好得意的說：

『去年妳預支版稅時我們簽了張合約可記得？』

「記得。」

『合約的內容妳可有看仔細？』

「沒！我向來只管把眼睛往支票上看去，並且每次你們都沒有一時筆誤多幾個零這件事讓我很不開心，剛好趁這機會我得告訴你，希望往後你們改進改進。」

『別再耍嘴皮子打哈哈了大作家，也該是說正事的時候了。』清了清喉嚨，他好正式的說：『請容許我唸合約的最後一條給妳聽。』

「請唸。」

『若甲方、也就是妳，半年內未交稿完成，則本合約自動作廢。』

「呿～～那不就皆大歡喜世界和平我愛上帝了嗎？好啦好啦不跟你扯了，我要洗個香噴噴澡睡個甜蜜蜜覺去了，再會。」

『且慢。』

「又啥？」

『合約的最後一條還有個附註我等著唸。』

「快唸快唸，我等到幾乎都睏了我，嘖。」

清了清喉嚨，這小ＹＧ幾乎得意到不行的再唸了：

『若甲方於合約作廢時未歸還預支版稅時，則甲方於乙方、也就是本出版社，所有著作物版權皆歸乙方所有。』

「白話文是？」

嘆了口氣，他無奈：

『唉～為什麼文盲也能當作家呢？』

「為什麼小ＹＧ就這麼穿不膩呢？」

『妳！』

哈哈哈，氣死你氣死你氣死你！

『白話文是妳不寫沒關係，錢不還也無所謂，但是呀但是，嘿嘿～～』

哦哦哦，老天爺，世界上最可怕的但是兩個字又來了，每次話裡一有個但是，我就知道接下來準沒好事。

『但是未來妳也領不到任何的再版版稅了，哈！』

「意思是？」

『意思是本出版社簽了紙賺錢合約，用一本書賺了妳所有的書，雖然沒法子把樂透當壁紙貼、把郭台銘當老弟喊，不過總歸是賺到了，而妳、只能書越賣越幹，哇哈哈～～』

這不妙，沒辦法、我只好動之以情：

「你又不是老闆，你為什麼要這樣陰我？這根本說不過去，這對你完全沒有好處呀？聽我的話，把合約撕掉，一個月後我就交稿，這次沒騙你，真的我發誓。」

『我不要。』

「為啥不要？」

『妳知道我等這天多久了嗎？妳知道我忍妳多久了嗎？好不容易等到這一天、不用再忍妳卻還能再賺妳，這麼好的差事簡直比練出六塊腹肌還教我得意。』

「你！」

『我我我，哈哈哈。』

「你幼稚！」

『我高興。』

「別這樣！」

『我偏要。』

可惡！

「你等我，明天我就去一趟出版社我們當面促膝長長談！」

『很好，明天下午三點見！』

該死！真該死！

於是隔天的十一點五十分，我準時來到出版社，而且還沒忘記好細心的把自己打扮成個文人樣，好提醒那個混帳小ＹＧ別忘記把老娘當個文人尊重！

出版社，久違的出版社，裡頭坐了個小ＹＧ狂的出版社。

才一走出電梯時，就和個身高一百有八的年輕壯漢擦肩而過，而且這年輕壯漢還瞄了我一眼接著低頭喊住我。

「你是？」

他喊的是我筆名，才試著回想這小帥哥是出版社的哪個人時，他就回答我了：

『我是妳的讀者，久仰了。』

「不，不是我。」

我否認，然後快快拔腿跑掉。

這怎麼行呢？怎麼可以讓我的讀者待會一走進電梯就立刻聞到原來私底下我是個熱愛在電梯裡愉快放臭屁的人呢？

不妥不妥。

出版社，久違的出版社，裡頭坐了個小ＹＧ戀母情結狂的出版社。

一推開出版社的門，不等小ＹＧ反應過來，我就立刻好懷舊的一屁股往他椅子直直坐下去，然後蹺著二郎腿、吹著手指頭、扯開喉嚨大呼小叫著：

「喂！去給大作家泡杯咖啡先哪！」

『嘖！一年不見，妳怎麼還是這副德行？』

好說！十年不見老娘還是會這副德行的！覺悟吧你這個小ＹＧ！

「哎喲～～每天都忙著寫小說養你們這些王八蛋，寫得老娘腰痠背痛的我，哪個誰來給大作家捶捶背揉揉手啊我說這。」

『幫幫忙換個梗好嗎？每次都玩這一招，妳不膩我都煩了。』

「哈！這梗怎麼搞的就是玩不膩嘛。」

翻了翻白眼，小ＹＧ好疑惑的問我：

『妳倒是穿旗袍幹嘛？妳最近迷上COSPLAY嗎？』

「不，我只是想要穿得像個文人樣，好提醒你給點尊重哪。」

『神經病。』又翻了翻白眼，小ＹＧ再疑惑：『不是約三點嗎？妳這麼早來幹嘛？』

「算好時間來給大主編請吃午餐哪，三點只能吃餅乾喝免費咖啡，這對我根本就不划算，因為你知道、要老娘親自出動一趟可是沒那麼簡單的。」

『作家之恥呀作家之恥。』

「作家之恥突然想聊聊某人的母親節穿的是什麼，你覺得如何？」

『吵死了！』抓起包包，小ＹＧ快快說道：『快走啦！請客就請客，嘖。』

哈哈！又贏了！

出版社後面巷子裡的小火鍋店裡，嗑了兩鍋牛肉泡菜鍋的我，以及坐在對面臉臭掉的小ＹＧ：

『謝妳哦，這下子妳把我媽的晚餐錢也吃掉了。』

「不客氣。」

『是因為我請客所以嗑兩鍋還是純粹肚子餓？』

「是因為你請客所以嗑兩鍋還有純粹肚子餓。」轉過頭，我朝著老闆遠遠喊：「喂！老闆！我還要再個海鮮鍋，快一點喏，我還餓！」

他傻掉：

『不是吧？為了誆我也沒必要這樣子吃腫臉撐肚子吧？』

「誰誆你？我這是在把昨天被你氣到宵夜吃不下以及今天為了要早起於是錯過的午餐吃回來所以得三鍋，唉～說了你也不懂。」

『嘖嘖嘖，我要照妳這吃法準會褲子換兩號。』

「安啦！小ＹＧ應該有ＸＸＬ號的啦。」

他瞪我。

哈！有得意。

『好啦，談正事要緊。』

小ＹＧ從公事包裡拿出一年前那張該死的混帳合約，而同時間我也趕緊從包包裡拿出小剪刀，然而當我定眼一看合約時，我的感覺是受傷，垮了臉收回笑，我好哀傷的問：

「有必要防我防到把合約用護貝嗎？」

『有，而且很必要，因為我不是第一天認識妳了、大作家！』這會換成他得意：『而且，妳就算剪了它也沒用，因為這是拷貝，正本我鎖在抽屜裡，哈哈哈～』

「幼稚！」氣死我！「喂！老闆，再來個羊肉鍋，幫我打包待會要帶走。」

『幼稚！』

「我是。」

就這麼沉默的對峙到我嗑完海鮮鍋之後，小ＹＧ才終於有夠不甘願的開口：

『早上我跟老闆開會。』

「干我屁事。」

『就是為了某人的欠債開的會，要想法子替她解決哪。』

「請快說。」

再次從公事包裡拿出計算機，這傢伙答答答的按了按，然後踐個二五八萬的把計算機推到我眼前：

『這是結清所有版稅之後妳還欠出版社的錢。』

望了一眼上頭有夠帥的數字，我憤怒：

「哪有這麼多？你誆我！我是暢銷女作家耶！哪可能？這根本說不過去！」

『小聲點，別在外面丟作家的臉。』

好說！

『記不記得妳去年打了幾通電話給我要再版版稅？』

我記得。

『記不記得每次我都還是心軟匯給妳？』

我沉默。

『明細在這裡，妳可以對。』

我沒對，我知道我自己去年花錢花得有多奔放；把明細推開，我說：

「我明白了，我會還錢的。」像個大人一樣，把這事處理掉，我懂！「可是一時半刻的我拿不出這麼大筆錢，但我明天就會開始找個正職的工作，凌晨三點還起床送報紙，晚上十二點到麥當勞打收場班的工。」

『有必要這樣？』

「有，而且很必要，因為我不是只有欠你們錢。」

『老天爺～～』

他翻了翻白眼，而我再一次的在心底替自己加油打氣：像個大人一樣，自己惹出來的麻煩自己扛，我懂！

我賭氣的點點頭，而他滿意的笑了笑，接著才又說：

『早猜到妳還不出來的啦，所以我才跟老闆開會，』猶豫了好半天，他緊握拳頭壯士好斷腕的說：『所以，結論是，妳可以以工代賑。』

「啥意思？」

『意思是妳可以到出版社工作，每個月我們會扣掉一半妳薪水當還債，另外呢，妳的版稅還是可以繼續領，昨天我是騙妳的，合約沒有那附註，』把頭搖到快扯掉，他嘆氣：『搞到最後妳還是連看都不看一眼合約哦？哪有人像妳這樣簽合約的呀？』

有呀，例如說我，往後再簽合約我還是只會看支票的，怎樣？

「為什麼？」

『不這樣騙妳的話，妳有可能人就坐在我對面聽我說這些嗎？』

「我問的是為什麼要對我這麼好？還幫我想辦法解決，沒記錯的話、你不是忍我很久了？」

『因為妳說得對，我們這麼多年感情打拼下來江山，沒道理在妳最走投無路時收回雨傘，我們不是銀行而是藝文界；再說，妳這個人無賴歸無賴、討厭歸討厭，終究還是會負起責任的，我說得可對？』

「嗯，只是你好像沒有必要說的那麼清楚，實不相瞞我聽得有點小受傷，我知道我是無賴又討厭，可是我還是希望別人裝作不知道。」

『哈！』笑了笑，他繼續：『更何況，妳這爛個性我看也沒什麼公司願意忍受妳。』

「謝謝你，不過我寧願你收回最後那一句話。」

『哈！我不要。』

娘的咧！這戀母情結小ＹＧ！

『所以，明天開始來上班，直到妳有靈感寫出小說為止，我們就可以愉快的說再見，不用每天見面八小時。』

「我好感動。」

『妳是該感動。』

想了想，雖然覺得有點壞氣氛，不過我還是說了：

「欸，你知道對面有家星巴克嗎？」

『怎？』

「我好想喝杯焦糖冰咖啡喲～～你知道、自從回來之後我就兩袖有夠清風，空到連星巴克都喝不起的那種清風喲！想喝想到我嘴巴好癢喲～～」

『就知道，只有這種時候妳才會用軟軟的聲音講話。』

嘿嘿～～

『拿去啦！』抽出兩張鈔票給我，他說：『搞不好妳的曠世鉅作不在飛機上卻在星巴克裡，老實說、一想到要跟妳一起工作我就胃很痛。』

好說！

一個人的星巴克，久違的焦糖冰咖啡，我不知道我的曠世鉅作在不在星巴克裡？我只知道最後一次和賴映晨見面是在星巴克。

望著眼前的焦糖冰咖啡，我想起昨天在秋雯家裡，最後淑婷問我的這個問題：

『妳還愛他嗎？』

我當時沒有回答她，我只是習慣性的拐彎抹角：

「我對小翔是氣，對賴映晨是傷，我甚至覺得，我再也遇不到那麼好的男人了。」

習慣性的拐彎抹角，避開真正的答案。

妳還愛他嗎？

在相識的最初，賴映晨也問過我這問題，而如今，他也成了別人口中的他，也只是，答案早已經不同了。

「早不愛了，在分手的時候就不愛了。」

這是當初我回答賴映晨的答案。而如今，這答案並不適合我對他。

妳還愛他嗎？

此時此刻，在一個人的星巴克裡，我也這麼問自己；對著眼前的焦糖冰咖啡，我回答：

是的，我還愛他，說分手的時候我還愛他，在分手之後的每天每天我都還愛他，我還愛他，掛念著他，千真萬確到讓心傷透，千真萬確到我一直逃，我逃呀逃的，逃得了自己卻逃不了思念。

是的，我還愛他，是的，我還愛他，他媽的還愛他！可同時我也知道不該再愛他了。

愛上活在回憶裡的男人……太寂寞了。

我是我，我有情感潔癖，我沒有辦法忍受自己是個替代品，我也不想要這樣彆扭，但我就是這樣，只是那又怎樣？

我沒有甜似糖的笑，我笑起來很僵、像是剛被罵過還得擠出微笑來，但、那又怎樣？我是我，我接受這樣的我自己，接受，而且試著喜歡。

那又怎樣？

第五章

『妳還是沒有靈感嗎？』

「……」

『要不要去看個醫生？或許妳的曠世鉅作就在醫院裡。』

「你這笑話笑點在哪我抓不到。」

『我這不是在說笑話。』

「你這是有在Fire我的意思嗎？」

『不，只是單純的讓妳請病假蹺班而已，因為今天是星期五，而妳堅持了五天這讓我很感動。』

「……」

『還有一個原因是，妳因此讓我賺了五千塊所以老子爽，所以沒關係，妳蹺班去。』

「此話怎講？」

『特助和我打賭妳撐不了兩天的，結果妳堅持了五天所以我賺了五千。』

我真的有那麼差嗎？

我想這麼問，可是我好強的問不出口，於是我沒問，我只說：

「你說得對，或許我的曠世鉅作在醫院裡，我懂。」

我說，然後我就走了。

原來重新做人這麼容易。

為了迎接我人生中第一份朝九晚五上班族（哇靠！朝九晚五上班族耶！光想就刺激！）生活，前天一晚我就歡天喜地的九點準時睡個甜蜜蜜覺去，為的是省下宵夜錢以及在上班的第一天準時不遲到以作為感人的開場白；而果真在上班的第一天我有感人的只遲到兩分鐘不過還是算準時我強調，本來以為我會因此而被摸摸頭或許再來一句「我真是以妳為榮！」而展開我的朝九晚五上班族生活，但是結果並沒有，沒有摸摸頭，也沒有真以妳為榮，而是——

——

當我才推開出版社的門心想會不會給暢銷女作家我來個獨立氣派辦公室以示尊寵時，小ＹＧ就坐在他的座位上蹺著二郎腿、吹著手指頭、扯開喉嚨大呼小叫著我每來出版社必喊的招牌台詞：

『喂！去給大主編泡杯咖啡先哪！妳這新來的菜鳥。』

哀莫大於心死的，我回應：

「學人精。」

不理我，有夠得意的他繼續：

『哎喲～～每天都忙著編小說養你們這些王八蛋，累得老子腰痠背痛的我，那個新來的立刻滾過來給大主編捶捶背揉揉手啊我說這。』

忍無可忍，我澄清：

「喂！我那些是開玩笑的鬧著好玩咩？哪次真要你們倒咖啡捶背揉手啦我？」

『這我知道，』掩嘴偷笑小YG，『但我不是。』

雖然朽木不可雕也，不過我還是試著有耐心的開導他：

「需要我分點幽默感給你嗎？」

『不用了謝謝，我就喜歡過著沒幽默感的人生。』並且：『還杵在那幹嘛？快去給老子泡杯咖啡喝呀妳這新來的。』

「你當真？」

『廢話！』

真他媽的小YG！

早該猜到這老滑頭哪可能有人性的替我開會解決問題還找好工作協商還債！壓根就是打好如意算盤先倒一堆感人肺腑的漂亮話以誘騙心軟如我來上鉤，接著再有夠險惡的進行羞辱老娘的陰謀嘛！

好！惹我是吧？

泡咖啡，泡一杯吐了點口水抹了點鼻涕泡外加轉身放屁薰杯的加味咖啡之後，我強忍住得意免得他發現起疑心，故作黯淡的我說道：

「哪，大作家給你親手泡的好咖啡哪，下不為例，瞭嗎？吥！」

『哈！終於讓我等到這一天，老天有眼哪老天有眼！』

小氣巴啦幼稚鬼，老娘不是好惹的，祝你腸胃能安好。

「所以呢？我的桌子在哪裡？」

『什麼桌子？』

我青他。

『哦……對，是該要個桌子才能好好工作，這話沒錯，』指著角落的看起來像是要報廢用的小凳子，簡直是得意到不行的、小ＹＧ扯開喉嚨又說道：『那張小凳子看到了沒有？把它搬過來放在我桌邊的角角，這就是妳位子啦。』

混帳混帳混帳！

「老闆咧？我認為我有必要跟老闆談談我這幾年來對於出版社的貢獻。」

『哈！老闆出國度假去，昨天一開完會他立刻就訂機票急巴巴的想避開和妳相處的可能，嘖嘖嘖大作家，果真確實有夠殺！』

「……」

『不過這也得感謝妳啦，難相處到有口皆碑了，所以每當我向老闆要求加薪時只要提起妳名字他老子就會拍拍肩膀說聲：沒有問題加你薪，這些年來苦了你。哈！』

「我去搬凳子！你給我閉嘴！」

氣死我！

桌邊角角的小板凳，坐在上面完全性沒有尊嚴的暢銷女作家我，唉～～

一臉得意到嘴角幾乎咧到額頭的小ＹＧ，還有長得明明像小叮噹裡的技安可說起話來卻是宜靜的老闆特助，這兩個人正在七嘴八舌的討論著關於該讓我做個啥事的為難。

特助：讓她接電話好了。

我：接電話？讓這個暢銷女作家也就是在下本人我接電話？這未免也太暴殄天物大材小用了吧？

小ＹＧ：我看不妥，這女人嘴巴壞脾氣差不說，連電話禮儀都有夠待加強的啦！可不想我們出版社的形象毀在電話裡。

混帳！

特助：那麼，讓她去設計部和設計溝通封面？

我：那成——

小ＹＧ：不妥不妥，這女人嘴巴壞脾氣差不說，我可不想我們的設計部被她搞到集體辭職。

混帳混帳！

特助：或許，讓她去幫工讀生包書呢？反正那工讀生太笨連打字都不會，我早想叫他走人卻又不好意思開口。

我：喂！

小ＹＧ：還是不妥，工讀生被羞辱到哭著跑掉事小，但書被毀掉事大，而且書其實是有靈魂的你知道嗎？這女人手腳笨到連書都會哭，再說、萬一把書都包壞了報銷，這肯定划不來。

娘的咧！

「再羞辱我沒關係呀，我看我去掃廁所好了，這你滿意了吧？」

『哈！老天有眼呀老天有眼，妳知道終於能夠當面羞辱妳這滋味有多令人暢快嗎？』

「……」

結果商量了好半天其間我趁其不備偷偷嗑掉特助桌上的兩條OREO還喝掉三杯咖啡之後，終於他們在我即將幹走小ＹＧ桌上的那盒金莎時，他們達成共識讓我負責讀者寄來出版社的詢問信。

『妳可以嗎？』

人形技安聲形宜靜好溫柔的問我。

「行呀，因為你知道、我可是——」

『暢銷女作家，知道了知道了！』好沒禮貌打斷我，小ＹＧ指著離他最遠的桌子說：『妳去坐那個位子用那個電腦啦！跟妳開玩笑的還當真搬了個凳子過來咧？怎？需要我分點幽默感給妳嗎？』

「這不必，倒是借條小ＹＧ來穿穿。」

『什麼小ＹＧ？』

『沒！』

小ＹＧ快快回答人形技安聲形宜靜，而且還有夠沒禮貌的一把推開我。

嘖！

就這麼安安份份的回覆了整星期的讀者來信，其間還有夠暢快的在若干問題信裡大肆爆出別的作家的料之後，彷彿是東窗事發了那樣，星期五一大早、小ＹＧ就兩眼噴出怒火、敲著電腦螢幕問我：

『誰准妳告訴讀者啦啦啦很愛亂把妹還海泡過很多個女編輯？』

「因為那讀者問我小說寫得那麼專情又詩意的啦啦啦本人是否也如此，一個不小心的我就飆出了實話，想必是那天午餐沒吃飽所以整個不設防。」

深呼吸，小ＹＧ深呼吸：

『那啦啦講話有台灣國語聽來應該是暴牙又是怎個回事？』

「因為那讀者問我小說寫得那麼霹靂又蓋世的啦啦啦是否願意到他們學校演講，一個不小心我就飆出了實話，而且我這可是為他好，你知道如果——」

『妳！』

趕在小ＹＧ氣到咬舌自盡之前，技安特助連忙拉住他，操著靜宜嗓音，他好圓場的說：

『欸，或許讓大作家做這事確實是大材小用了啦，我想——』

「還有暴殄天物，我強調。」

『好好好，我更正，』他更正：『或許讓大作家做這事確實是大材小用暴殄天物，我想或許讓她挑挑稿子？』

「什麼挑稿子？」

原來是這麼一回事：每天每天都會有很多很多懷抱著作家夢的來信投稿者，他們對於當作家這玩意存有美麗的幻想，他們把用心良苦的稿子用電郵或列印投稿到出版社來，而往往卻只得到石沉大海的結果，原因就是編輯們壓根不愛看投稿信，他們寧願把時間花在買國外翻譯書討價還價談合約也不願意花點時間瞧瞧台灣同胞們的投稿信。

「哇塞塞！聽起來好刺激喲！你知道、暢銷女作家也就是區區在下我當年可也是這麼一路走來的，我想這事我可以勝任得來沒問題！」

『光聽妳說這話，我就覺得問題很大。』

咬牙切齒的、小ＹＧ說。

「好！我明白了，我這就掃廁所去！儘管我們這麼多年感情、共同打拼江山，更別提每次你談加薪時就亮出——」

『好啦好啦，』緩了臉色的打斷我，小ＹＧ退了一步的說：『挑稿就挑稿，但有個重點妳得遵守。』

「直說無妨，我僅供參考。」

『妳！』

「開玩笑的啦！吼～～」抓起電話我說道：「喂喂、必勝客嗎？可不可以幫我外送一份幽默感？要快點哦！」

『會被妳氣死！』又氣又笑的扭著臉，小ＹＧ一個字一個字的說著這重點：『只准挑稿，不准回信！』

只准挑稿，不准回信，我懂！

而這次要不了一個星期、而只有短短一天不到，當下午茶時段（小ＹＧ很識大體的自己買了來）一邊我們開著編輯會議、一邊悠悠哉哉的吃著蛋塔喝熱拿鐵時，小ＹＧ一邊翻著手上那些我全部認為不該錄用的稿子以及附上的退稿原因，然後越翻他老子越是火大：

『愛情沒有這麼夢幻，滾回妳的羅曼史去。』

「她整個搞錯方向了，我想羅曼史的出版社會有興趣，什麼稿子就該擺在什麼出版社，這點道理妳該懂。」

他火。

『這種無聊故事為何需要寫到二十萬字去？』

「就是這意思，浪費紙張嘛我說這是，實不相瞞我這個人最重視環保了。」

他更火。

『讀書去吧小朋友，才十歲是在強說愁個鬼？』

「就是說咩，十歲耶老天爺！這難道不該是在玩溜滑梯搶蹺蹺板還有老鷹抓小雞的年紀嗎？」

他火到不行。

『這位同學，抄別人的小說還好意思來投稿？』

「這話可有錯？寫小說又不是練打字，那麼愛抄襲幹嘛不去練書法？」

他火到幾乎想直接打開窗戶從十四樓跳下去。

『先把病看好再來寫小說？』

「沒錯沒錯，這人我還好用心的上了她的部落格查查，結果看到這女人居然自稱女王還公主的，簡直病了嘛她！」

『她在別家出版社出過書妳可知道？』

現在知道了。

在尷尬的沉默了一杯熱拿鐵以及兩顆蛋塔之後，小YG好哀莫大於心死的嘆了口氣，然後說：

『我錯了。』

「就是咩！凡是會自稱公主女王的都有公主病、活在自己幻想裡，活像一覺醒來王子正在親吻她而且旁邊還站了匹好帥的白馬搞不好別人在她眼中老是種毒蘋果的老巫婆！這話完全對！」

『不，我錯的是開那會找了妳。』

「……」

『妳還是沒有靈感嗎？』

「……」

『要不要去看個醫生？或許妳的曠世鉅作就在醫院裡。』

「你這笑話笑點在哪我抓不到。」

『我這不是在說笑話。』

「你這是有在Fire我的意思嗎？」

『不，只是單純的讓妳請病假蹺班而已，因為今天是星期五，而妳堅持了五天這讓我很感動。』

「……」

『還有一個原因是，妳因此讓我賺了五千塊所以老子爽，所以沒關係，妳蹺班去。』

「此話怎講？」

『特助和我打賭妳撐不了兩天的，結果妳堅持了五天所以我賺了五千。』

我真的有那麼差嗎？

我想這麼問，可是我好強的問不出口，於是我沒問，我只說：

「你說得對，或許我的曠世鉅作在醫院裡，我懂。」

我說，然後我就走了。

自己惹出來的麻煩自己扛，像個大人一樣，我懂。

已經是個大人了，而且很久了，不能要求別人一直給妳機會，我懂。

我懂我懂我都懂，可是同時，我也忍不住這麼問自己：會不會我根本就不是一塊當大人的料？雖然我已經是大人，而且很久了。

第六章

「或許，妳說得還對，當真愛上一個人的時候，就會願意為了對方而把自己改變，而我不願意為了他改變我的情感潔癖症，或許這就代表其實我並沒有自己以為的那麼愛他。」

我說。

而其實我真正想說的是：當真愛上一個人的時候，就會願意為了對方而把自己改變，而他沒有為了我改變他的活在過去裡，或許這就代表其實他並沒有他以為的那麼愛我。

這是我最被傷透的地方：他沒有為我改變。

我又幹什麼要為他改變呢？

「什麼嘛！我說這是什麼嘛！看他媽的鬼醫生啦！我寧願去動物園看猴子抓屁股也強過上醫院去看醫生！」

而此時確實我們人就在動物園裡看猴子抓屁股沒錯，我們，我和雅蘭還有一個腿短短的頭光光的笑容憨憨的兩歲多一點的從那邊跑過來又從這邊跑過去跑得我頭都暈了的臭小孩。

「欸欸欸，我說這短腿瓜是哪位呀？幹什麼我們非得陪他來動物園看猴子不可？沒記錯的話我認識的雅蘭同學難道不是個認為動物都是禽獸活該被人吃的恨動物狂嗎？」

『沒錯，而且說來我還是一肚子老火，昨天有個三八女人懷裡揣了隻做作貴賓狗硬是要進到我們餐廳吃晚餐，天曉得這根本不衛生到了個極點，本來我還好聲好氣的告訴她本餐廳不允許狗狗進來因為這樣很不衛生光想到狗毛飛呀飛的就噁心到我想把那狗給煮來吃！』

「然後呢？」

『然後那瘋婆娘講也講不聽還堅持她懷裡揣了的不是狗卻是她的家人所以完全說得通的讓他們人狗坐一桌。』

「結果呢？妳把牠煮了吃嗎？」

『不，我說如果妳堅持牠是人不是狗的話，那麻煩出示牠的身分證。』

「哈！笑死我！」

『謝謝。』有夠得意的把下巴抬了抬，接著雅蘭立刻換了個好母愛的表情摸了摸那小短腿的光光頭，操著有夠水蜜桃姐姐的娃娃音，她補充說明：『可是我家小心肝不一樣，我說所謂的愛就是這麼回事，妳會願意為了愛一個人而把自己改變。』

又來了。

「老天爺，我說妳死了這條心吧！我永遠不可能把妳的話寫進我的小說裡的。」

『哼！好說。』啧了我一聲還翻了我白眼，『還有、他可不是什麼短腿瓜他是我的小心肝，這點很重要！』立刻好有母愛的用娃娃音對著跑過來又跑過去的小短腿、雅蘭甜滋滋的喊道：『許立傑～～來～～媽媽餵你吃布丁喲，啊～～』

「還啊咧！」啧了她一聲又白了她一眼，忍無可忍的我放話：「好呀好呀，大家都趁著我旅法一年偷偷改變沒關係呀！先是秋雯給搞大肚子還愛上我家小虎斑硬是把牠灌成隻肥加菲，然後妳接著也脫離恨小孩四人幫對著哥哥的小孩演水蜜桃姐姐還試圖想騙他妳才是他媽！就是連淑婷那女人都嚇死人的不戀愛了賺錢去！老天爺！看來我也該差不多去馬路扶老太太過馬路了。」

不理我，這臭雅蘭繼續和她的小短腿演瓊瑤：

『啊～哇！好口愛喲許立傑～～來，給媽媽親一個！』

「真是夠了，我說妳嘛行行好，餵他吃點鎮定劑別再跑過來又跑過去，看得老娘頭都昏了我。」

『妳懂個屁！眼前我們這個跑過來又跑過去的小可愛未來可是咱們中華隊的當家第四棒，陳金鋒的接班人！』

嘖嘖嘖，這雅蘭，天變地變就這點不變，不管講什麼、總能扯到棒球去。

『該長大了、同學，』好母愛的望著我，雅蘭語重心長的說：『我們都已經認識十年超過了，也該告別那憤世嫉俗四人幫了。』

「老天爺，這真是我聽妳講過最陳腔濫調的話，聽得我無聊到幾乎都睏了，呵——」

『所以呢？妳的曠世鉅作不在動物園裡嗎？』

「我的曠世鉅作哪可能在猴子屁股裡。」

搖搖頭又嘆嘆氣，好無奈的雅蘭說：『都一年時間過去了，妳怎麼還是這個樣呀？』

「我哪樣？」

『一問到妳心底的話就立刻把它轉了掉。』

「聽不懂妳在講什麼。」

『我都認識妳十年超過了，我的大作家同學，妳光是放了個屁、我都能聞出妳昨天吃了什麼。』

「有夠噁心的比喻，簡直該向衛生局檢舉。」

不理我，雅蘭繼續問：

『所以呢？為什麼妳寫不出來了？』

「我要知道我哪還會還跟妳在這裡看猴子搔屁股。」

不理我，雅蘭繼續說：

『賴映晨找過妳，妳知道嗎？』

不知道。

『去年，他去妳的公寓找妳，那時候我和淑婷剛好在妳公寓裡玩模特兒走秀遊戲。』

「老天爺，這遊戲都十年了妳們居然還玩不膩。」

『他說了什麼我忘記了，不過我記得淑婷回答了他什麼。』

「混帳王八蛋？」

『愛情幹什麼一定要有始有終？』

「……」

『淑婷這是做對了還是做錯了？』

不知道，我不知道我想不想知道。

『妳不好奇賴映晨怎麼回答？』

「干妳屁事走開別煩我？」

『他說他知道，所以他不會再找妳，他等妳，在老地方等妳。』

「妳的小心肝要吃布丁了，妳要不要啊一下？」

『所以呢？妳知道哪個老地方嗎？』

我怎麼可能不知道？

那家沒有名字的咖啡館，老闆娘臉很臭可是卻煮了一手好咖啡的那家，那個我們還只是失戀盟友時總在那裡消磨一下午時間的無名咖啡館，那個我們分手後、我連經過都膽怯的無名咖啡館，那個我們分手後、我連想起都疲憊的無名咖啡館。

『所以呢？我待會要帶小短腿到妳討厭透了的麥當勞吃快樂兒童餐還聽大姐姐唸故事，所以妳要不要去那裡喝杯咖啡？』

「為什麼？」

『因為或許妳的曠世鉅作就在無名咖啡館裡。』

「為什麼？」

『因為所謂的了解並不存在。』

「為什麼？」

『因為我剛不是就已經說了嗎？愛是接受，當妳真的愛上一個人的時候，妳會願意為了對方而把自己改變，包括妳所謂的情感潔癖。』

低下頭，我聽見自己這麼說：「或許，妳說得對，所謂的了解並不存在。」

『嗯？』

「我們已經認識十年超過了，所以妳應該會知道才對，如果我想走進那無名咖啡館的話，早在一年前我就走進去了，而不會是飛去歐洲散盡家財的把自己搞得這麼落魄。」

『嘿！』

「或許，妳說得還對，當真愛上一個人的時候，就會願意為了對方而把自己改變，而我不願意為了他改變我的情感潔癖症，或許這就代表其實我並沒有自己以為的那麼愛他。」

我說。

而其實我真正想說的是：當真愛上一個人的時候，就會願意為了對方而把自己改變，而他沒有為了我改變他的活在過去裡，或許這就代表其實他並沒有他以為的那麼愛我。

這是我最被傷透的地方：他沒有為我改變。

我又幹什麼要為他改變呢？

獨自離開臭死人的動物園之後，我突然覺得寂寞得不得了，我一邊無心無緒的走在台北街頭，一邊低著頭默默逼自己不要掉眼淚，寂寞得不得了，我突然覺得；原來寂寞是這種感覺：妳知道妳並沒有擁有全世界，但是妳擁有妳習慣了的小小世界，在小小的世界裡，妳活著，妳自在，妳開心，可是有一天，突然妳眼睛睜開，小小世界裡的習慣了的他們突然改變，突然的改變、連招呼也沒打一聲，而妳還來不及習慣他們的改變，他們卻反而掉過頭來指責妳的沒有改變。

為什麼人一定要長大一定要改變一定要成熟一定要愛呢？

為什麼不能永遠不要改變呢？

寂寞。

在熟悉的台北街頭被寂寞侵襲的感覺很差，所以我做了一個連我自己都嚇一大跳的決定，我決定回家。

回家。

累得趴趴的我回家，拿出久違到還差點生了鏽的鑰匙我開門，結果誰曉得門鎖竟給換了新，才在心底暗暗驚訝著有個什麼很不妙、快快回想上次回家是民國幾年時，窗戶就給開了個小縫縫，小縫縫裡露出一咪咪家母的久違臉孔，才想好撒嬌的喊聲甜滋滋媽媽、或許再狗腿的故作驚訝她老娘怎麼越活越年輕時，家母就先聲奪人的問道：

『妳哪位?』

「別開玩笑了媽，我是妳的大作家女兒，妳家小孩裡最讓妳引以為傲的那位，雖然妳從來沒有這麼挑明說出過，但母女連心所以我懂。」不妙不妙，家母不但沒照慣例的扯開喉嚨說我無恥卻是好正經的面無表情，我開始有種暴風雨前寧靜的不祥感，「好啦好啦說正經的，女兒很累沒心情玩陌生人遊戲，還有，晚餐煮好一點因為我很餓。」

清了清喉嚨，家母好禮貌的說：

『我是記得有這麼個女兒，可是因為她消失了整年沒回家，電話不接也不回，所以我當她不見了登報作廢了，這位少女妳請回。』

「媽，別鬧了，這點我可以解釋，當初妳的大作家女兒我——」

窗戶被關上，還刷了那麼一大聲的當我面關上。

可惡可惡可惡!這娘兒們居然給我玩真的!管他的我使出吃奶力氣狠狠按著門鈴，就在按到食指快抽筋時、大門終於給開了個縫，而這次換成是我一頭霧水的問道你哪位?

『我是妳弟啦!老天爺!』

沒好氣的他回答，然後我的下巴簡直沒給嚇了掉：

「我怎麼以為我家弟弟應該是個高中生，臉上戴眼鏡髮型有夠土，每天六點準時回家為的是看小叮噹，每年過年還拉著我玩大富翁煩都快把我給煩死。」

『那已經是五年前的事了姐。』嘆了口氣，我五年沒見的弟弟好哀傷的說：『難怪媽要把妳登報作廢門鎖換掉床還撤掉。』

什麼？！

大事很不妙的我趕緊鑽進門內，結果才一走進客廳就被個倒立著貼牆壁的詭異女人給嚇了到：

「那女人是誰？」

『那女人是妳姐姐，她去年結婚了，現在瘋狂想懷孕，貼牆倒立是最近她聽到的懷孕妙方，妳實在不應該電話不接也不回，難怪媽把妳登報作廢門鎖換掉床還撤掉。』

我突然覺得頭昏昏，趕緊趁自己崩潰在這詭異家裡之前搶先問問正經事：

「那爸呢？我有事得找他談談。」

我依稀記得有次偷瞄到他存摺裡有筆好帥的數字，我想那老傻瓜應該會同意把那帥透了的數字送給女兒以贊助台灣文學的發展。

『爸去澳洲做義工，他後來迷上慈濟每天還看大愛台，』有夠不屑的瞄瞄我，從高中生瞬間變成大人的陌生弟弟又說：『如果妳是肖想跟他要錢花的主意我勸妳放棄，因為他老子把錢全捐了出去，有興趣的話妳可以翻翻半年前的聯合報，爸爸的名字就擺在妳的旁邊一起被作廢。』

這不是真的。

『還有，我下個月要補結婚，所以妳房間現在是個嬰兒房住的是我兒子妳姪子，晚上睡覺時別偷揍他，少以為我不曉得小時候妳都對我幹了什麼事。』

這不是真的。

『還有，小叮噹早就改名叫哆啦A夢，妳不可以一直活在過去裡。』

都

變

了

妳不可以一直活在過去裡。

妳不可以一直活在過去裡。

妳不可以一直活在過去裡。

那天晚上我把自己埋在放滿水的浴缸裡，想呀想的就是這句該死的指責：妳不可以一直活在過去裡。

想得我頭都昏了，昏到我的手機都響到家母差點摔了它才終於接起來，一接起是小ＹＧ討厭的聲音，討厭的聲音一接通就有夠娘的吼道：

『今天星期幾！』

今天星期一，那又怎麼樣？

「我寫不出來了，我江郎才盡了，祝你們幸福快樂，再會。」

『妳給我等一下！』

「去你媽的等一下，老娘不幹了，反正都是窩囊廢，我寧願躲在棉被裡接受這事實。」

『誰說妳是窩囊廢了？』

「你。」

『老天爺，需要我分點幽默感給妳嗎？』

「不用了，謝謝，我喜歡過著沒有幽默感的窩囊廢生活。」

嘆了口氣，小ＹＧ用一種哄小孩的娃娃音娘道：

『我就聲明這一次，妳不是個窩囊廢，而且我們想到個只有妳才辦得到的重要工作要交給妳去完成。』

「沒用了，我不會再被妳騙了。」

『真的沒騙妳，如果妳辦到的話，我們全出版社都會以妳為榮，連樓下的管理員伯伯也不例外。』

老天爺！我說老天爺！這個心機超重的小ＹＧ，居然使出賤招說出老娘聽幾次就上當幾次的以妳為榮四個字這殺手鐧！

強掩住虛榮的竊喜，故作鎮定的我問道：

「哦？先說來我聽聽？」

『這說來話長所以妳要到出版社當面才要告訴妳。』

「那拉倒——」

『還有、容我提醒妳，勞基法規定只要上班滿一週就有薪水拿，今天我可以假裝妳有來上班沒關係，但前提是明天妳得出現而且還準時。』

「那好，明天見。」

對不起，我想你

第七章

『我本來是不看小說的那種人，因為那天很無聊漫畫看完了電腦又剛好壞掉不能玩線上遊戲，想出門去打籃球可是剛好那陣子膝蓋又受傷所以沒辦法，於是就隨手抓了我表姐書櫃上的書來看，結果不看還好一看就入迷了，妳知道我當時心裡的OS是什麼嗎？』

「你表姐是誰？」

『我當時心裡的OS是：這個人懂我！他媽的我知道她會懂我！然後我就充滿期待的寫了那麼封讀者來信，接著收到妳回信，我整個人心碎了一地，後來更別提妳還寫在書裡再度羞辱我一次，我剛說過了沒？於是我失望至極發憤——』

「我他媽的沒心情跟你玩各說各話的遊戲，你表姐是誰！」

依舊迷人的他微笑，在電死人的微笑裡，我聽見他說了一個讓我聽了之後直接而且立刻起身走人的名字。

我聽見他說：

『宋育輪。』

責任編輯。

原來賊賊小ＹＧ要我做的是責任編輯。

『怎？很拉風吧？』

「拉風在哪怎麼我聽不出來，如果你的總編換我做、薪水讓我領，我想這才有拉風。」

裝作沒聽到的，他繼續：

『拉風在出版界裡從來沒有人才幹了七天可是態度很差並且麻煩不斷重點是把人火得想蓋她布袋狠揍一頓——』

打斷他，我忍無可忍：

「喂！如果只是想要再次羞辱我的話，大可在電話裡頭講就行，沒必要還特地把老娘叫到出版社來面對面羞辱。」並且：「王八蛋！」

有夠滿足的笑了笑，小ＹＧ清了清喉嚨：

『好啦好啦，ＮＧ重來。』ＮＧ重來：『拉風在出版界裡從來沒有人只幹七天就能勝任王牌作家的責任編輯。』

「真的假的？」

『此話當真。』想了想，小ＹＧ決定更正：『當然，除了我之外。』

「呵。」這個呵是打呵欠的呵。「喂！哪個誰來給大作家泡杯咖啡先哪我說這。」

強忍住笑，小ＹＧ接著又說：『而且這可完全是託了妳這位曾經的王牌作家的福。』

「哦?此話怎講?」並且：「去你媽的曾經的!」

此話這麼講：

『我永遠記得那年的那天的那個下午的那個畫面，我才剛進這出版社不久，做的就是妳整星期做的鳥事：一點重要性也沒有、但就是得要有人去做它們的鳥事，小不拉嘰菜鳥編輯一個，小不拉嘰到很害怕試用期過了之後我的位子還會不會是我的也不確定；但是那天下午午睡醒來我就隱隱覺得有個什麼會發生，發生而且會改變我的人生，接著我從一缸子的投稿信裡看見妳的小說，我看出那小說裡有個什麼得被知道，那個小說沒有很特別甚至也不怎麼市場，但就是很奇怪的讓我覺得想為它做點什麼事、想讓它被看到被知道甚至是被感受，接著我打了電話給妳，接下來的事妳全知道。』

哦~~這媽的小ＹＧ，真難得第一次聽到他說出這麼中肯的內心話，於是好開心我暫時忘記先前被他陰過又陰的那些鳥事，我接話：

「接下來你就成了我這個王牌作家的責任編輯，每當要加薪時只消向老闆提提我的名字就會被他老頭拍拍肩膀，說來、你的年終獎金到底要不要分我一半?」

『三個字，辦不到。』

「三個字，少學我。」

學人精。

『完全正確，雖然至今我依舊沒有辦法確定自己當時打了那通電話是該高興還是後悔。』

「去死啦！」

『哈！』

「哈你媽個頭。」

『所以呢？這主意如何？』

「這主意不賴，但有件事情我得先確認。」

『請確認。』

「為什麼對我這麼好？沒記錯的話上星期某人還很認真的對我的真性情感到失望不是？」

偏過頭去掩嘴偷笑：『我說了，因為這工作只有妳才能勝任。』

「沒誆我？」

『沒誆妳。』

他誆我。

「你敢以小ＹＧ之名發誓？」

『哦～老天爺！講幾次我講幾次！』有夠娘泡的他歇斯底里：『別、別再提起穿小ＹＧ

的事！搞得我現在一遇到母親節就整個好為難！妳知道妳嚴重的摧毀了我對母親節的期待嗎？妳知道母親節本來是每年我最期待的一天嗎？老天爺～～』

接著在我一杯咖啡的嘿嘿賊笑以及他一杯咖啡的深深懊悔之後，好誠懇的、他據實以告：

『這樣吧，讓我說個故事給曾經的大作家聽。』

「實不相瞞我對曾經的這三個字整個很感冒。」

『這三個字會跟著妳到傳說中的曠世鉅作寫出來為止。』

「這三個字讓我感冒到直想立刻飆去買條小ＹＧ穿穿，欸、我說小ＹＧ有女生款嗎？小ＹＧ達人？」

他知道錯了。

『好，我更正。』他更正：『讓我說個故事給依舊的大作家聽。』

「這還差不多，請說。」

然後他就說了。

差不多是在二十年前當小ＹＧ還是個每天在私校制服裡穿著他心愛小ＹＧ的國中生時，班上有個讓老師頭痛讓同學抓狂的技安型男生——

「技安？我不曉得原來你跟特助從國中就認識？」

『不，他們確實都是技安款沒錯，但差別在於特助骨子裡是宜靜派的好女人，講起話來也是整一個宜靜派溫柔。』

「沒錯，講電話時我都差點愛上他，但面對面講話每次我都幾乎精神快分裂。」

『原來不是只有我這樣哦？』

「嗯。」

『嗯。』

接著小ＹＧ繼續回憶：

可是他的那位技安同學則骨子裡活脫脫就是愛欺負人的技安真人版，他長得不但就是個技安而且還是個畫壞的技安！

「想必你當時活像個大雄真人版每天被欺負回家哭著抱小叮噹娃娃還直想把自己往抽屜裡塞去吧？」

他瞪我。

「抱歉，往事不堪回味，再說、誰沒有過去呢？我懂。」

畫壞的技安真人版簡直傷透人腦筋，罵不聽也打不怕，更要命的是他家老子還是家長會的會長兼地方上的議長，想動他還動不了；每天每天班上被他搞得雞飛又狗跳人心還惶惶，就這麼心想莫非要默默忍受他三年時，有天這班導師突然靈機那麼一動，她好冰雪聰明的在新學期的一開始就宣布由畫壞的技安真人版擔任風紀股長以維持班上的秩序——

『結果妳猜怎麼著？』

「結果我猜畫壞的技安真人版從此自覺任重而道遠英才被適用，不但沒搗蛋了不說，而且還好有責任感的當好他的風紀股長？」

『沒錯，果真妳個性壞歸壞嘴巴臭歸臭但腦子還是還是挺靈光的。』

我瞪他。

他裝傻：『有部叫神鬼啥來著？反正就是李奧納多演詐欺犯、神到湯姆漢克逮他不到拿他沒法還氣得半死，最後終於逮到他時索性還聘他工作讓他英才適用，當我看到這部電影時整個人覺得熟悉到親切，妳懂我意思。』

我懂，確實是有那麼點異曲同工之妙，但——

「這干我屁事？莫非那位王牌作家長得就像個畫壞技安搞得你看他一次就國中陰影浮現一次嚇得晚上睡覺做惡夢醒來還哭著找媽媽？」

他瞪我。

「好吧，我收回哭著找媽媽這句話。」

於是他繼續：

『非也，相反的，他長得極帥。』

「坦白說這點我懷疑，因為你的審美觀實在有待商榷。」

『就因為我覺得許純美其實很有女人味？』

「不，就因為你認為小ＹＧ是世界上最美麗的內褲而且還穿它不膩。」

『妳！』

哈！有爽。

『我問妳，如果今天賀軍翔跑來寫小說，妳買帳不買帳？』

心動。

『而且書也不做封面放的就是他照片？』

心動心動。

『並且照片還隱隱瞄得見他胸肌？』

「買！」

『這就對啦。』有夠八卦的小ＹＧ湊近我耳邊，悄聲到不行的說：『這話我們只私下講妳千萬別外洩，實不相瞞那小子小說寫得還好而已甚至有那麼一點不好說破的無聊到家，所以私底下我們都管他叫作那個賣臉的，哈！』

「我懂了，這小子走偶像型男作家路線就是。」雖然覺得問了只會被羞辱，但是不知道幹什麼我就是嘴巴癢癢好想問他一問：「欸，那所以實不相瞞你們私底下也管我叫賣臉的嗎？」

他低下頭喝了口咖啡，而且眉頭還皺了那麼一皺。

管他去死、我繼續說著老早以前就好想講了哟的實不相瞞：

「實不相瞞我隱約有聽說自己是文壇楊丞琳並且你們老是沒這麼定位我做宣傳放書腰打口號讓我有點小不開心。」

他咖啡喝更兇而且眉頭還更皺了。

但我依舊管他去死的繼續：

「我說要哪天我的曠世鉅作要真寫出來了你們可以這麼做沒問題我這方面是可以同意的。」

放下咖啡杯，小YG揉了揉眉頭，嘆口氣，他好真摯的說：

『妳是實力派作家，相信我。』

「去死。」

『哈！』

王八蛋！

「那到底你講這故事的用意在哪？我耳朵聽到快長出翅膀了就是怎麼也聽不出個所以然來，白話文呀白話文！」

又掩嘴偷笑、這媽的小ＹＧ：

『問妳，曉不曉得為什麼老闆看妳一次就躲一次？有次妳突然來他措手不及只好躲到男廁硬是不肯出來露面？』

「想必是因為我長得像狠狠甩了他的初戀情人以至於他看我一次就心痛一次。」

『沒這個想必。』掩嘴偷笑到不行：『老闆從小三開始就只愛海咪咪女生，所以您多慮了大作家。』

好說！

『因為妳出了名的難搞，他又愛妳卻又怕妳，他需要妳卻又受不了妳，所以沒辦法只好能避不見面以求和平。』

「隨你怎麼說。」

嘖。

『用白話文說來會是：在妳缺席離開台灣快活的這一年間，我們挖掘了個妳的接班人。』

「那個賣臉的？」

『那個賣臉的。』他重複，而且是有夠俗辣的小小聲說。『而且他那個性活脫脫就是妳的男生版，差別只在於他長了張有像賀軍翔的好臉，而且身體線條還更厲害讓人看幾次就想扒光他幾次。』

「聽你在放屁！講得嚮誇張！明明我就溫柔體貼又親切，配合度高又毫不囉嗦，老闆之所以躲我完全只因為他近情情怯這樣而已。」

理也不想理我，小ＹＧ自顧著好興奮的提議：『要不要打個賭？』

「賭啥？」

『如果妳能Handle他一個月的話，老子輸妳一萬塊。』

唔。

『兩個月就兩萬塊，以此類推。』

唔唔。

『如果他指定責任編輯非妳莫屬還好感人的說上一句以妳為榮的話，老子加碼到今年的年終獎金全送妳！』

唔唔唔。

「那如果我輸了咧？才第二天我們就互相尖叫著扯頭髮還飛踢小腿骨？」

好吧我承認，確實我知道我這個人不溫柔不體貼不親切配合度低又囉嗦難搞，我知道，而且我還知道不只有我自己知道；可是每來出版社大呼小叫著要他們泡咖啡兼捶背還揉手這只是開開玩笑製造氣氛我強調。

嘖。

『沒關係啦，反正這也是意料之內的事。』

「白話文呀白話文！」

『意思是，如果妳輸了的話不用付錢沒關係，因為我知道妳真的是盡力了。』

我狐疑的盯著老是被他陰慣了的賊兮兮小ＹＧ：

「這人真有這麼難搞？」

『我不是說了嗎？這人簡直就是妳的男生版。』

「哼！好說。」

『不，我更正，是加強版。因為妳的話、我起碼只是衝到廁所踹踹馬桶就能氣消掉，但他的話我簡直活生生想把頭伸進馬桶裡把自己沖掉算了！』

「嘖嘖嘖，聽起來好刺激的感覺。」

『妳沒發現這次到出版社少了很多責任編輯？』

「你這麼一說我倒是發現了。」

『都是被他氣跑的。』並且：『幹什麼我們要用個連打字都不會的工讀生就是因為連工讀生都被他氣跑！』還有：『甚至連我都差點被他氣跑了、妳說這小子強是不強？』

「是有強。」

『他下午會來簽合約，我們拭目以待。』並且：『認識妳以來，我從來沒有這麼打從心底想要把年終送給妳過。』

開完和小ＹＧ這有夠刺激的打賭編輯會議順便拗他請吃午餐之後，既期待又興奮的終於等到了下午這傳說中的難搞王牌作家來到出版社並且我出面接待他，當我抬頭一看到這小子時我幾乎笑到嘴巴沒給裂到額頭去，因為我幾乎看見小ＹＧ的鈔票正一張張的飛進老娘口袋裡。

原來這小子就是那天在電梯口遇到的喊住我的自稱是我讀者的年輕小帥哥嘛！既然他是我讀者、又怎可能會多難搞定呢？

「哦，原來是你呀，你好你好。」

盡可能的我好溫柔的笑，並且有努力的不要讓我的眼底只有＄＄被看見。

『妳好，久仰了。』

接著在接待室裡兩杯咖啡的自我介紹以及稍微的淺聊過去之後，我的笑容凍僵在空氣裡，並且眼前出現的是小ＹＧ的年終又一張張的從我口袋裡飛回它們該在的地方，因為我的眼底從只有$$變成@@！

「當時那封主旨寫著寶貝感覺整個變態的讀者來信就是你寫的？！」

『對，我只是想要引起妳的注意而且真的希望妳能回信但沒想到結果被妳寫進書裡羞辱一頓令我失望至極發憤圖強乾脆自己寫作投稿。』

有什麼比曾經得罪過的讀者如今成為了個作家而且還是王牌甚至妳衰到得當他責任編輯更教人想咬舌自盡的？

「沒有。」

『當妳把那些寫進書時嘲笑一番時，妳有沒有想過那人的感受？』

沒有，我很少思考別人的感受，於是此時此刻的我才驚覺：原來我從不在乎別人的感受。

深呼吸又深呼吸，望著他那張明明很帥氣卻偏偏有夠愛記恨的好臉，我聽見自己好帶種的說：「我就告訴你這一次：我不道歉就是不道歉，因為錯不在我而是你！誰是你他媽的寶貝了？想引人注意有更好的方式！王八蛋！」

一口氣我說完，然後用眼角餘光瞄了瞄這帥小子，本來我以為他會是摔門走人的，可是結果他沒有，結果他只是用那張好看的臉低頭喝了杯咖啡，而且更令人頭皮發麻的是他甚至還迷人的笑了起來：

『妳本人跟我表姐形容的一樣。』

「你表姐？」

『嗯，妳們認識。』把杯裡的咖啡喝乾，他繼續說他自己的：『我本來是不看小說的那種人，因為那天很無聊漫畫看完了電腦又剛好壞掉不能玩線上遊戲，想出門去打籃球可是剛好那陣子膝蓋又受傷所以沒辦法，於是就隨手抓了我表姐書櫃上的書來看，結果不看還好一看就入迷了，妳知道我當時心裡的ＯＳ是什麼嗎？』

「你表姐是誰？」

『我當時心裡的ＯＳ是：這個人懂我！他媽的我知道她會懂我！然後我就充滿期待的寫了那麼封讀者來信，接著收到妳回信，我整個人心碎了一地，後來更別提妳還寫在書裡再度羞辱我一次，我剛說過了沒？於是我失望至極發憤——』

「我他媽的沒心情跟你玩各說各話的遊戲，你表姐是誰！」

依舊迷人的他微笑，在電死人的微笑裡，我聽見他說了一個讓我聽了之後直接而且立刻起身走人的名字。

我聽見他說：

『宋育輪。』

第八章

繼續第八杯焦糖冰咖啡，我打從心底的開朗解釋：

「因為都過去啦，完全性的那種過去了。」

『哦？』

「我不知道該怎麼解釋但是一看到妳的時候我就立刻的明白那一段都過去了。」

並且：

「當妳已經不再在乎一段感情的時候，妳又幹什麼還要躲避當時的那些逃避？」

『那麼，現在的妳，會願意祝小翔他們幸福嗎？』

「不願意，並且我還是打從心底的認為：他幸不幸福干我屁事？」

最後，我這麼回答。

果真當我從出版社被氣跑回家時，遠遠的就看到眼前正等著個老娘早就把她抽了出來歸檔擺到過去可如今她陰魂不散硬是再度出現而且還照慣例的拎著兩杯焦糖冰咖啡自己跑來的小婊子宋育輪。

『哈！就猜到妳會被氣回家來，我說、雖然好久不見不過我對妳的了解還是不用Update。』

「妳且慢。」

『要幹嘛？』

「雖然確實好久不見，不過從前的SOP標準作業流程我們還是不可以忽略。」

『了解。』

「讓讓。」

於是這小婊子欠身讓了讓，待我開了門走進公寓裡之後，不消一秒鐘，她立刻好SOP的按了按門，接著我也很SOP的沒好氣開了門：

「來幹嘛？」

『買了Starbucks的焦糖冰咖啡給妳喝。』

「黃鼠狼給雞拜年哪妳？」

好懷舊的我一手接過焦糖冰咖啡立刻就插了吸管吸了它狠一大口。

『這也不是我願意的，誰教我喝不慣妳那即溶咖啡，只好自備囉！不是我在說的，妳那咖啡簡直不是給人喝的嘛。』

「哼！我可沒打算泡咖啡請妳喝。」

我說，然後我們相視而笑，不過因為這相視而笑太溫馨不合適我們倆，於是只消一秒鐘就立刻被換了掉。

真好，不管這扇門外的世界還有他們怎麼變，當宋育輪走進這扇門時我們的對白永遠不會變，儘管是在事過境遷的幾年之後。

真好。

在事過境遷的幾年之後再見到小婊子宋育輪，我突然好神經的發現到我原來好懷念那段我和她互看不順眼卻又不甘心不聯絡只因為希望對方遇到什麼衰事時自己能是第一個知道並且廣為宣傳兇狠嘲笑的人。

我想我真的是病了，衰到病了。

而現在，看來她大概會忙得不可開交，因為我這年來實在是太衰了，衰到我甚至認為自己應該立刻飆去行天宮安他個整廟的光明燈，因為沒道理我會犯太歲犯成這衰樣。

嘖。

『怎麼？我表弟很帥吧？』

「是有帥，而且帥成了個賀軍翔，帥到簡直沒道理會是妳表弟，哈！」

『嘖，幾年沒見，嘴巴還是這麼臭。』

「妳確定當年宋媽沒從醫院抱錯小孩？」

『去死！』

哈！贏了贏了。

『喂！搞什麼妳冰箱裡的家庭號冰淇淋不見啦？』

蹲在冰箱前，宋育輪有夠不爽的怒視我，簡直一副我該為此下台以示負責的惹人厭嘴臉。

「我下台又不能解決問題。」

『老天爺！妳的幽默感怎麼還是這麼爆冷門啊？』

「這就是我，怎樣？」

『不怎麼樣。』環顧了整圈我的粉紅小公寓，宋育輪打了個哆嗦，『倒是、妳幹嘛把這地方搞成整個粉紅色？我簡直要去收驚了我。』

「這說來話長並且我懶得跟妳白費唇舌，因為妳根本就是個文盲，說了妳也不會懂！」

『老梗。』嘴上這麼說但表情卻是笑，『不過，還是挺懷念的。』

同感同感。

『小翔當爸了妳可知?』

「現在知道了。」

祝他子女不孝晚年淒涼媽媽討厭他老婆不愛他屋子漏水鄰居耍流氓家裡馬桶還壞掉。

哈!

『妳呢?』

「孤家寡人沒人愛。」

『這我可不意外。』

「隨妳怎麼說。」

『哈!』

「妳呢?想必依舊還滯銷吧?」

『屁!追我的人可有一大把。』我挑眉,於是她只好悶悶又說:『只是那一大把人還不知道在哪裡。』

哈!

「乾杯啦。」

『為久別重逢此情依舊？』

「不，為我們繞了一圈卻又回到原點乾杯。」

乾吧，乾掉這杯我想必還有很長一段時間喝不起的焦糖冰咖啡。

『誰跟妳繞了一圈又回到原點啦？』把臉抬了抬，『瞧見我這挺鼻子和尖下巴沒？韓國做的，還剛好遇到斯容咧。』

「妳病了妳。」

兩杯焦糖冰咖啡，兩個孽緣未了的女人，在好像昨天才見過面但其實已經是幾年過去的親切感裡，宋育輪問我：

『前幾年聽說妳書賣得有厲害，怎麼再見面妳卻好像越來越衰蛋？』

「想必是我沒那個命，所以只能曇花那麼一現，認了。」

『這點妳倒是變了。』

「怎說？」

『以前妳不會這麼坦率的承認自己脆弱。』

「想必只是因為我老了吧，沒力氣逞強了。」

『去打幾發脈衝光。』

「幹嘛？」

『把自己年輕回去呀，這樣就能再逞強了。』

「妳病了妳，我說妳該做的事是去買個外籍老公而不是成天瘋整形。」

『隨妳怎麼說，哼！』

把手上的焦糖冰咖啡喝乾之後，我們達成共識有夠不願意待在這噁心粉紅小套房裡敘舊，於是雙雙移架到街角的Starbucks繼續吃蛋捲海灌焦糖冰咖啡續他媽的舊。

『說到逞強、我表弟倒是很喜歡妳。』

「想必是在認識我之前吧。」

然後宋育輪就嘿嘿嘿的賊笑了起來。

「幹嘛突然演起鬼片來？」

『啥鬼片？』

「妳嘿嘿賊笑的樣子呀，恐怖得活像在演鬼片，我想彭氏兄弟會對妳很有興趣，祝妳成功幹掉李心潔。」

『去死啦！』

哈！又贏了又贏了！

『我是突然有個好可愛的想法。』

「不想聽。」

『如果妳和我表弟談起戀愛來，想必會很有意思，我想李安會對你們有興趣，因為那簡直刀光劍影到可以拍個臥虎藏龍第二集，祝妳成功進軍好萊塢，哈！』

「去死。」

再續兩杯焦糖冰咖啡，以及兩盤蛋捲，不是存心把自己海灌到咖啡因中毒，卻是好奇怪的我發現：怎麼搞得和這小婊子在星巴克時，和賴映晨的回憶居然莫名其妙的不再傷心到我？

或許宋育輪出現得正是時候，我需要的正是這麼個狀況外的人，好讓我從那段傷透了的愛情裡抽身出來透透氣。

『欸、我說真的啦。』

回過神來，這小婊子還在自顧著繼續說。

「什麼說真的？」

『妳和我表弟，如何？』

「他沒女朋友？」

好沉重的點了頭，宋育輪更正：

『他一直沒有女朋友，暗戀他的女生從幼稚園就一大把，我說的這一大把是真有其人的一大把，可是他不愛就是不愛。』

「妳怕他是Gay？」

『我們整家族都怕，因為祥恩是我們家族裡唯一的男生。』

「而且他長得太漂亮了？」

『並且他居然喜歡妳的書。』

「此話怎講？」

『是Gay就算了，如果還是個品味不良的Gay，那豈不傷上加傷？』

「去死啦！」

『哈！』

娘的咧。

『所以咧？』

「所以啥？」

『妳幹嘛不喜歡？祥恩從國中到大學都是籃球校隊，身體棒到連表姐我有時候都忍不住性幻想他一下。』

「老天爺。」

『我開玩笑的啦。』

「就是個性差了點？」

『個性是不好，但是沒妳差。』她得意的大笑，隨即快快正經了臉色，『再說，我想你們搞不好會愛得來。』

「憑啥說這話？」

『因為妳不是很會寫愛情嗎？所以我想祥恩難不倒妳的。』

嘆了口氣，我好嚴肅的說：「雖然妳是個文盲，但這裡有點道理我得告訴妳。」

『啥？』

「把愛情談好和把愛情寫好是兩碼子事。」

有夠不耐煩的她擺擺手：『少跟我屁那些漂亮話啦，我又不是妳讀者，還跟我來這套咧，呿～～』

「那妳幹嘛買我書？而且還該死的被妳表弟看了到！」

『因為被妳封鎖之後我突然發現其實很懷念和妳互看不順眼但又不甘心不聯絡的互相唱矍日子，所以如果沒辦法再和妳見面，起碼我可以買妳的書看看。』

「我——」

打斷我，她說：

『我知道妳書裡寫的只是虛構的故事而不會有妳自己的私人經歷，但是起碼我可以看看那些故事，然後大概了解妳最近過得好不好？』

「我——」

還是打斷我：

『雖然妳老嘲笑我是個文盲而確實我也只喜歡看ELLE和柯夢波丹還有男人幫，可是你們作家我知道，儘管你們或許不會把真實的自己寫進書裡，可是筆下當時的心境卻是隱藏不住的。』

「我——」

依舊打斷我，而這次她換回了我熟悉的宋育輪表情：

『再說，老娘有錢妳管得著？』

望著我熟悉的宋育輪，我聽見自己這麼說：

「對不起。」

『？』

「雖然我會寫愛情還感動到了一些人，因此有些時候我會被稱之為暢銷女作家可是實際上談起愛情來我還是白痴得要命。」吸了吸鼻子，我要自己誠實：「那時候我真的不想要再見到小翔因為他騙了我而且還那麼久！他真的不應該欺騙我而是坦白的告訴我、讓我自己選擇這段愛情我要不要勇敢要不要堅持！我知道我們是真的相愛過可是我受不了我真的愛一個人到頭來卻只是個被蒙在鼓裡的笑話！」低頭，我望著桌上的焦糖冰咖啡，「可是我其實並不想要失去妳，可是沒有辦法我只要看到妳的臉就不由自主的會連帶想起小翔然後覺得夠累所以只好把妳也封鎖。」

『我——』

打斷她，我說：

「我知道我們的相處模式在別人看來好像是互相討厭但管他去的只要我自己知道不是這麼一回事就好，我不想要連帶封鎖妳可是沒辦法我的感情潔癖過不去，那是我人生中難得的幾次我討厭自己這樣倔強。」

『我——』

還是打斷她：

「那陣子我真的很難過，難過的不是小翔欺騙我不是我們的愛情用那樣子的方式結束，而是每當望著我的那扇門時我打從心底知道往後那扇門再開啟再關上都不會有我們獨特的對話了。」

『我——』

依舊打斷她，而這次我換回了她熟悉的惹人厭表情：

「妳知道、失戀就是這麼一回子事，會讓一個人變得多愁善感到直想把自己抓走來海揍一頓。」

然後她笑，我們相視而笑，而這次、我們相視而笑得久了一點，大概有兩秒鐘左右的那麼久。

『那麼現在呢？為什麼又願意再見我而且老天爺？妳到底是幾年沒喝焦糖冰咖啡啦？一口氣喝掉七杯未免也太過分了吧？』

「妳管我。」

『嘖！』

繼續第八杯焦糖冰咖啡，我打從心底的開朗解釋：

「因為都過去啦，完全性的那種過去了。」

『哦？』

「我不知道該怎麼解釋但是一看到妳的時候我就立刻的明白那一段都過去了。」

並且：

「當妳已經不再在乎一段感情的時候，妳又幹什麼還要躲避當時的那些逃避？」

『那麼，現在的妳，會願意祝小翔他們幸福嗎？』

「不願意，並且我還是打從心底的認為：他幸不幸福干我屁事？」

最後，我這麼回答。

第九章

『因為某人的小說讓我感受到文字不只是一堆字，而卻是有力量的。』

我沒接話，只低頭把杯子裡的咖啡給喝乾，然後我覺得好奇怪的是，為什麼我明明沒有加糖，可這咖啡喝來卻甜得不得了。

『妳呢？為什麼要寫作？』

「我忘了。」

我說，我沒說謊，我是真的忘了；雖然我比較想要忘記的是：為什麼我不再寫作。

和宋育輪在星巴克道別並且約定好這次的感情交流純屬意外而下次再見面真是夠了的不要再這麼感性到把彼此的不自在到幾乎想要互相吐口水之後，回家我看到擱在寫字檯上的手機上顯示著小ＹＧ的奪命連環叩。

而這次我好有責任感的立刻回電。

『妳該死了妳！居然把我們的王牌作家晾在會客室裡自己走掉！而且最重要的合約甚至還沒簽！還沒簽！』

哦哦哦，每吼就娘掉的這小ＹＧ。

「為此我感到很抱歉，不過事出緊急於是我只得匆匆離去沒打招呼不告而別。」

『啥事緊急？妳家失火兼淹水？』

嘖了一聲，「我得趕在被那小子氣到心臟裂成五花瓣之前衝去看醫生哪王八蛋！」

接著電話那頭傳來嘿嘿的感同身受笑。

「還有，我這下午公道說來該算是公傷假不扣薪這才說得過去。」

『好哇沒問題。』有夠嚇死我的小ＹＧ居然有夠乾脆的就答應，『不過前提是妳得在明天下班前叫他把合約簽好，否則我要算妳曠職扣妳三倍薪。』

「……」

『幹嘛突然沉默掉？曠職本來就扣三倍薪，勞基法就這麼規定，要懷疑的話我給妳個網址去查查。』

「不，我只是在專心的對自己感到哀傷。」

『哈！笑死我，現在妳可明白每次我和妳簽約時的感受了吧？大——作——家。』

好得意的小ＹＧ載歌載舞仰天狂笑之後，他吐了那混帳小子的手機號碼給我，接著再次囉嗦一次：『明天下班之前把他搞定，瞭吧？』

「了你媽個頭。」

『哈！終於明白老子薪水賺得有多折騰了吧？現世報呀現世報。』

「去死。」

『明天見，再會。』

王八蛋。

嘆了口氣，我撥出那惹人厭的號碼，待手機接通之後我快快報上名來，接著回應我的是嘟嘟嘟掛斷聲。

氣死老娘我！！

二話不說我立刻衝去狠狠刷了遍浴室而且連天花板也不放過，然後這鳥氣才稍稍的這麼的刷了掉，接著我稍稍心平氣和的再撥那惹人厭號碼一次，而這次我甚至還沒快快報上名時，這惹人厭就搶先開炮了：

『我不想跟妳講話。』

嘟嘟嘟～～

怒火攻心的我立刻抄起吸塵器吸他媽的七、八遍地板有，當我甚至開始想要把垃圾桶也抓起來吸它一吸時，這才驚覺到再這麼下去可不行，畢竟曠職扣薪事小，但小YG得意洋洋又摺現世報這三個惹人厭字眼事大；於是我像個大人一樣的放下吸塵器，決心好好的把這事給處理掉，換成了室內電話我打給那惹人厭，待他開口或者掛老娘電話之前，我既堅定又帥氣的快快表明立場：

「少在那邊臭美肖想老娘愛跟你講電話！哼！」

接著電話那頭倒抽了口大氣，管他去死的我繼續：

「明天給我滾過來出版社簽他媽的鬼合約！像個大人一樣把這鳥事處理掉！接著我們井水不犯河水從此各過各的幸福快樂，再會！」不對，還有些話忘了講，「還有，你這媽的幼稚鬼，七年級生就是七年級生！幼稚無聊加討厭！書賣得好又怎麼樣？還不是光靠那張你媽生給你的臉在賣！」

然後這次換我掛他電話，並且樂得把左手跟右手Give me five。

帥！

隔天一上班，迫不及待的我把昨晚的精采對話（呃……嚴格說來只有我自己的鬼吼又鬼叫）分享予小ＹＧ，心想他八成會覺得我替大夥出了口鳥氣於是好慈愛的摸摸我的頭還好感人的說聲：我真以妳為榮；可是誰曉水老兄竟好沒幽默感的把臉垮了掉，在兩杯咖啡的垮臉之後，小ＹＧ嘆了口氣，用一種認識他這麼多年以來我從來沒見過的覺悟表情，他說：

『緣份盡了。』

「就是咩我說這，愛簽不簽隨他便啦！等老娘的曠世鉅作一寫出來，哪還有他囂張的份？」哈！「你這覺悟我欣賞，這樣吧！今天午餐換我請，三十塊的陽春麵，不准多點貢丸湯，瞭吧？」

很顯然的，他不瞭；好陰沉的凝望著我，接著小ＹＧ說話了，只不過他說的是我寧願他沒說的話：

『不，我說的是我們和妳的緣份盡了。』嘆了口氣，『倉庫裡有紙箱，中午前把妳桌上的東西搬走，要幹走什麼都可以，我會睜隻眼又閉隻眼，特助抽屜裡還有三條OREA，我想它們可以幫妳度過今天的宵夜，可是我桌上的金莎拜託妳別再動它。』幾乎哀傷的都要流淚了，『還有，謝謝妳的陽春麵，不過我想妳還是留著自己吃吧。』摸摸我的頭，『保重，好好照顧自己，或者真的去看個心理醫生，再會。』

「你當真？」

『我當真，我從來沒有這麼當真過。』

「需要我分點幽默感給你嗎？」

『不需要，我需要妳快點離開好避免我的心臟被妳氣成熱水瓶！我們就到這裡吧，期待妳的曠世鉅作，我們各自保重。』

我沒去拿紙箱，因為我沒帶什麼東西到出版社來，也沒去幹什麼咖啡餅乾削鉛筆機的，因為我想我好像真的給他們惹了很多的麻煩造了無數的困擾，折損一個王牌作家不說，這會兒更氣走了新的王牌作家；我發誓我真的很努力的想要自己像個大人一樣把事情處理好，可是好奇怪的是，每當我越想像個大人一樣時，就越事與願違的把事情搞砸掉。

我對自己感覺到前所未有的失望。

為了大家好，我懂，或許我唯一合適的工作是去打〇二〇四，因為我知道我的聲音還不錯聽，可是我的電話禮節真的很該死的差，我——

『你們作家都走路不看路的嗎？』

一抬頭，原來我走路不看路的撞進了正走出電梯的惹人厭懷裡，我好感傷的想起第一次見面時我們也是在這同樣的電梯前，只是當時我並不知道在這個世界上還有另一個像我一樣惹人厭的王八蛋，我——

『妳幹嘛一臉快哭出來的表情？被罵了嗎？』

「罵你媽個頭啦！老娘只是早餐吃太飽所以難受得想要哭，怎樣！」

然後他就笑了。

然後我就稍稍恢復了平靜：

「來幹嘛？」

『來簽合約呀，昨天某人不是在電話裡這麼放話嗆聲嗎？』

嘖嘖嘖，原來這傢伙是個M。對他客氣沒有用，反而兇他立刻聽話還自己當真滾過來。

勉強忍住得意和竊喜，我努力著好正經的說：

「哦，那好呀，雖然我忙得不得了因為大人的世界你知道、可不像你們這些閒閒沒事七年級生——」他臉又開始臭了，算了算了別再耍嘴皮子了，「不過和你簽個合約的這點時間還是擠得出來，走吧，我們進去把那該死的合約給簽掉，看在老娘心情好的份上，額外幫你泡杯咖啡喝喝沒問題。」

『我怎麼看不出來妳哪裡忙？而且快要哭出來的表情沒猜錯的話想必是被罵了一頓甚至

被炒魷魚吧？』

深呼吸，對！深吸呼；趕在我們又槓上再次不歡而散之前，我快快說道：

「快滾進來簽合約啦，混帳！」

『我不要。』

「啊？」

『我說我不要，妳在啊個屁？妳是耳朵長繭了還是怎麼著？』

現世報呀現世報。

「我說，你該不會是特地跑來告訴老娘我你不簽這合約吧？」

然後他又笑了，然後我發現其實他笑起來的樣子還滿賀軍翔的，奇怪？宋育輪是誆我不成？這樣子的臉加上那樣子的笑怎麼可能沒談過戀愛？

是Gay，對，肯定是。

『我的意思是我要去對面的咖啡館喝咖啡才要簽合約，妳快去拿錢和合約，老子不愛等人。』

「你給我等一下，為什麼我要拿錢？」

『因為妳請客呀。』

現世報呀現世報。

「這位小兄弟，我說那家坑人咖啡館一杯小不拉嘰鬼咖啡就要價兩百塊還收他媽的鬼服務費。」

『那又怎樣？』

「三個字，辦不到。」唔……他臉又臭了，算了啦、別跟他計較，於是我更正：「星巴克我同意，坑人咖啡辦不到。」

『三個字，管妳的，就是對面咖啡館，不要拉倒我走人。』

「算你狠！哼！」

再一次的，我在心底為自己過去的惡形惡狀對小ＹＧ深感歉意。

一紙合約，兩個人，還有貴死人的坑錢咖啡館，並且合約還沒拿出來、咖啡還沒點上桌，我倆就在咖啡館的前門槓了起來：

「兩位，禁菸區。」

『兩位，吸菸區。』

「老娘不吸二手菸。」

『老子不抽菸不爽。』

「你可以再混帳一點沒關係。」

『我很樂意再混帳一點沒所謂，』很挑釁的他立刻點了根菸而且還當我面前抽，『我聽說別家出版社很想要高價買我這小說。』

「那你就他媽的去別家出版社出你的鬼小說！」

我是很想這麼說的，但是我不行，因為我是個大人而他是個媽的幼稚七年級生，老娘才不要跟他一般計較，對！就是這樣！

「這樣吧，猜拳決定坐哪裡，這樣很公平。」

『沒問題，我出剪刀妳出布。』有夠欠揍的揚了揚濃眉毛，他轉頭對一直在隱忍住笑的服務生得意洋洋宣布道：『小姐，我們兩位，坐吸菸區。』

兩位，吸菸區，兩杯貴死人的坑錢鬼咖啡。

『妳幹嘛一直盯著桌子看？』

「我在看這桌子好吃不好吃。」

『啊？』

「因為某人把老娘的午餐費用給喝了掉，所以只好很無奈的啃桌子以求溫飽。」

他不解：

『妳不是可以報公司帳嗎？』

我當然可以報公司帳，但前提是老娘得要是正式員工才可以，而問題就出在於老娘不但不是正式員工而且還已經不止一次的被要求走路！

但無論如何這檔子丟臉鳥事我可不要據實以告把他樂死，於是我輕描淡寫的這麼說：

「這說來話長你不會懂我懶得說。」把桌上的糖包全掃進我包包裡，「或許還是吞糖填肚子好了，這桌子看來不好吃。」

然後他又笑了，而且還好裝熟的摸了摸我的頭；我打從心底以為他要說的是『我真以妳為榮』接著小YG的年終就快要一張張的飛進我口袋來，但結果他不是，他說的是：

『算了啦，我請妳啦。』

「當真？」

『嗯呀，老子是暢銷作家這點錢可不在意。』有夠記恨的他盯著我，然後酸溜溜的說：

『而且這嚴格說來還是託了某人的福呢。』

不客氣！

「那謝啦，」轉頭我朝著服務生扯開喉嚨喊：「小姐我要追加一份牛排，要最貴的那種喲！」

『妳這個人怎麼這樣呀？』

「我這個人就是這樣啦。」

哈！

兩客最貴的牛排，兩杯最好是加十成服務費的他請客咖啡，在惹人厭低頭簽合約的時候，忍不住的，我問：

「你為什麼願意過來簽合約？沒記錯的話昨天我在電話裡好像不是很禮貌。」

『確實昨天妳在電話裡非常不禮貌，火得我家後院籃球架差點被我灌籃灌到倒！』好說。

「莫非你是個M？」

『什麼M？』

「SM裡的M呀，被虐狂一個，對方越虐你、你就越是嗨。」

『妳白痴哦。』

他又笑，而且這次的笑，笑得我心臟漏跳了整一拍。

『因為妳很坦率的說出了我長久以來的疑問。』笑完之後他又說：『我一直很想問卻又拉不下臉開口問：是不是我的書之所以賣只因為我的臉好看？』

我低下頭喝了口咖啡。

『我其實心裡也有個底大概就是這麼一回事，我知道我的文字沒有靈魂甚至還有那麼一點不想承認的無聊，可是我的簽書會還是擠滿人而且都是小女生而且她們手上的書一律的都很新、看就知道不怎麼被翻閱。』

我說我想去上個廁所。

『我本來很介意可是很奇怪昨天跟妳說完電話之後就覺得沒有所謂了！我幹什麼要在乎她們是為了什麼原因買我的小說？只要我的小說被買有機會被閱讀那就好，就算只是個賣臉的，那又怎麼樣？我把我想述說的故事寫出來了，文筆可能不怎麼樣，但誰也不能否認的是，這些小說都是我認真而且盡力寫出來的小說。』

「你為什麼這麼喜歡寫作？去演偶像劇不是更賺錢而且更被捧？」

他沒回答，他凝望著我，而這次，我的心臟漏跳了整兩拍。

『因為某人的小說讓我感受到文字不只是一堆字，而卻是有力量的。』

我沒接話，只低頭把杯子裡的咖啡給喝乾，然後我覺得好奇怪的是，為什麼我明明沒有加糖，可這咖啡喝來卻甜得不得了。

『妳呢？為什麼要寫作？』

「我忘了。」

我說，我沒說謊，我是真的忘了；雖然我比較想要忘記的是：為什麼我不再寫作。

換上了平時的表情，我開玩笑：

「實不相瞞，我比較寧願自己被叫作是個賣臉的。」

這次換他低頭喝咖啡。

「沒關係啦，據實以告的話並不會對我造成困擾的，我早有心理準備了、你知道。」

『可是妳這個問題讓我很困擾。』

管他去死，我偏要問到他點頭為止：

「說真的，我是文壇楊丞琳，這話可有錯？」

他說想去上廁所。

「我說我要早個十年出道，文壇周慧敏準是跑不掉的。」

他乾脆喊服務生過來買單結帳。

嘖。

第十章

『幹嘛呀？封筆。』

應該是睡前呆的關係，我想，因為我連自己也驚訝的是，我居然就直直的給他據實以告了……

「因為我失戀，所以寫不出來了。」

『失戀不是反而幫助寫作嗎？』

「以前我也是這樣，但是那個人不一樣，所以現在就寫不出來了。」

『他是怎麼樣的人？』

「只適合被放在回憶裡愛的人。」

『個性很壞？花得要命？會揍女人？』

「都不是，只因為他是個屬於回憶的男人。」

『跟那個設計說明天不用來上班了！』

這是他開口的第一句話，而時間是晚上九點過三十六分，日期是那惹人厭新書即將進廠印刷準備出版海賺一筆的前夕，而當時我正和設計老兄賭爛完他媽的王牌作家到底還想刁難這封面幾百次甚至認真提議要不養個小鬼陰陰他！

「我就告訴你這一次！設計全給你退封面退到氣跑了！只剩下這位好脾氣的仁兄還肯耐著性子做你封面！有點人性的話你就給我說聲ＯＫ然後我們歡天喜地下班去！」

吼完，我突然感到這對話整個很似曾相識，於是再一次的，我在心底對著小ＹＧ又道了一次歉。

小ＹＧ？對哦，突然個靈光乍現，老娘使出小ＹＧ對付我的招數對付這惹人厭：

「我告訴你，合約已經簽了，封面你不爽也沒轍，就算老娘愛用小ＹＧ的裸照當封面你也沒轍，哈哈哈！」

『誰是小ＹＧ？』

唔……又說溜嘴。

「總之呢，老娘要下班，封面就這樣，我管你去死！」

『那好呀，封面我不再有意見，只是簽書會你們也別想我出現。』

笑死我實在：

「喲～～嚇得我屁滾尿流直想立刻衝回家去抱媽媽咧。」

笑死他實在：

『我就提醒妳這麼一次，我一次簽書會賣出去的書可足夠付妳一個月薪水還不止！』

踐個屁！

「我就問你這麼一次！你到底他媽的想要怎麼樣！」

連想也沒想的，他重複了之前早就重複過幾百次的話：

『想要妳幫我寫推薦序，書腰還放上妳筆名，筆名前印著深情推薦四個字。』

「給你五個字，老娘辦不到。」

『那封面我還是不滿意，你們改完再傳過來我看看。』

「辦不到就是辦不到！」

『那好吧，我們無話可說，再會。』並且：『祝你們加班到天亮，我會在夢裡與你們精神同在，或許醒來老子心情好明早帶份早餐請你們。』

轉頭，我瞥見設計老兄正用淚眼攻勢對付我，拉了拉我衣角，設計老兄用哭腔同我說：

『今天晚上有曹錦輝投球，少看那場我會死，妳知道我等他出賽已經等了兩年了嗎？』

並且：『妳以前也這麼刁過我，看在我忍了妳那麼久、不計前嫌而且還願意和妳好好共事甚至請妳吃宵夜再加上妳宵夜吃得還真是夠多的份上，答應他吧，算我求妳了？』

現世報呀現世報。

「好吧，我答應你，那麼請問王牌作家，封面你還可有意見？」

『這封面很好，祝你們下班愉快，哈。』

哈個頭啦！

這不知死活的惹人厭，老娘可不是好惹的。

事後，我寫了這麼篇推薦序送他：

當我喜歡一個作家的時候，我當然會希望他有張好看的臉
當我喜歡的作家剛好有張好臉時，作品優不優反而倒也其次了

『我怎麼看不出來這兩段話哪些字是在有推薦的意思？』

收到我的推薦序之後，在電話裡，寒著口吻，惹人厭問。

「當然有呀，這整個就很推薦的好咩！」噗哧，「我說、只要是文人都該看得出來，更別提是暢銷作家王牌您囉。」

哈！氣死他氣死他氣死他。

『不管，妳重寫。』

「不要，老娘在文壇混了這麼久，生平第一次給人寫推薦，要我重寫就拉倒，了不起這個月薪水我不領，怎樣？」

這話他想了想，然後他決定先妥協不管；因為還有別的字眼他得火大：

『那書腰上深情推薦這四個字前的『或許』這兩個字又是什麼意思？』

「就是或許深情推薦的意思，你知道，只要是文人都——」

『很好，我懂了！』打斷我，他一個字一個字的咬牙切齒說：『我會加倍奉還給妳的，大——作——家！』

哈！贏了贏了贏了。

贏個頭啦！

那惹人厭居然給我來陰的、偷打電話給小ＹＧ、如他所說的加倍還給我，而這會我就瞪著樣書的書腰上『或許深情推薦』這六個字之前的老娘筆名前硬是加印了『過氣作家』四個字。

我會加倍還妳的！混帳！還真他媽的給我加了倍！

立刻飛奔到小ＹＧ的桌子前，我吼他：

「喂！你！怎麼可以讓這惹人厭這樣子惡搞？」

有夠竊笑的，小YG故作正經回答：

『這也是沒辦法的事嘛，因為他堅持呀！你們不是溝通好了而且還合作愉快嗎？』

「去他媽的合作愉快啦！把這四個字給我拿掉！否則老娘就辭職不幹！」

『妳確定？我們賭的一萬塊再一天妳就到手囉！怎？妳想放掉這一萬塊不成？』

不，我準備再多忍一天然後拿那一萬塊買一整車的餿水貨運到他家去！

哼！走著瞧！

「我說親愛的大主編，請容許我提醒您一件事，想當年哪、某人可是跟您共同打拼江山擁有多年革命情感——」

打斷我，小YG彷彿記恨鬼上身那般，以迅雷不及掩耳的速度抽出一本老娘的著作，翻開版權頁，他好記恨的指了指責任編輯的那行字：

『我說親愛的大作家，請容許我提醒您一件事，想當年哪、某人可是跟您共同打拼江山擁有多年革命情感，結果得到的是什麼呢？您倒是讀讀這行字哪。』

我把臉轉開然後準備落跑，但來不及，這小YG的聲音冷冷的在我身後響起：

『當年，又是哪位王牌作家堅持責任編輯也就是在下我的名字前非得加上他媽的三個字否則不簽約？』

「欸，別醬嘛，誰叫那本書剛好是愚人節那天出版呢？哈，哈哈。」

『……』

「開開小玩笑，無傷大雅嘛！再說，沒有讀者在看這一頁的啦。」

然後他就又好娘泡的歇斯底里了：

『最好是開他媽的小玩笑啦！妳知道當時我編輯前女朋友翻到這一頁時表情有多讓人想死嗎？我說要是幹什麼當年我們會分手，肯定就是這個的錯！』

「……」

『……』

「好啦好啦午餐我請客啦，三十塊的陽春麵，不許加貢丸湯！」

他還在氣。

沒辦法，只好把宋育輪拿出來賣了：

「這樣吧，我給你介紹個女朋友以表歉意吧。」

『哦？』

心動了吧？這騙不怕的笨蛋。

「是王牌作家的表姐哦。」

『祥恩他表姐？』

「嗯哼嗯哼，家裡有錢人美又正，要是娶到她、我說你自己出來開個出版社都不成問題，更重要的是她整個人溫柔又體貼，就是很奇怪的男人運不好，我想這就是所謂的人在高處不勝寒吧。」

『沒誆我？』

「沒誆你，你看看祥恩就知道，他表姐會差到哪去呢？」

這話他想了想，然後他同意，只是他擔憂：

『那脾氣？』

「脾氣好到沒話說，你呼她一巴掌、她還會問你手痛是不痛，因為你知道、從小和那種表弟一起長大，脾氣當然被訓練得好到簡直搞慈濟囉。」

話才說完，這小ＹＧ立刻從抽屜裡拿出鏡子抄起梳子還擠了擠鼻頭的粉刺。

唉～～笨死了、這白痴。

我還沒跟宋育輪提這檔子事，結果她親愛的表弟也就是惹人厭在隔天就火大的來了電話，一見手機上的來電顯示著惹人厭，連電話都不用接起的，我立刻就明白了他的來電是為了哪回子事。

操著好愉快的嗓音，我接聽：

「哈囉，我親愛的王牌作家，你好嗎？」

『我他媽的好得不得了！我問妳！幹什麼要貨運一車的餿水到我家來？』

嘖嘖嘖，沒想到這家貨運的效率還真快，我欣賞！

「什麼？居然是送到你家去？我明明只說了請貨運一車餿水送去給隻長得漂亮的豬、醬而已，怎麼搞的他們居然就送到你家去啦？好奇怪喲～～真搞不懂吶～～」

哇哈哈！大快人心哪大快人心。

『好！走著瞧！』

「好哇好哇走著瞧，哇哈哈～」

『再會！』

「慢吃。」

哈！

哈個頭啦！

下午，當我才愉快的數著小ＹＧ輸給我的一萬塊現鈔時，有個快遞就找上門來而且還抱著盒看來好精美的禮盒並且是指名要送我。

好害羞的簽收下，一邊我心想：糟了個糕，莫非是惹人厭真的愛上我了嗎時，當眾打開這精美的禮盒本來是想炫個耀，但結果映入我眼簾的東西氣得我的臉差點沒歪掉。

『通乳丸？哈哈哈～～有實用有實用。』

『口氣清香劑？哈哈哈～～這下子妳講話應該就不會再那麼臭了。』

『倒是這軟木塞是怎麼回事？』

瞪著他們，我把那該死的禮物丟進垃圾桶裡，然後很認真的考慮養小鬼這回事。

惹人厭時間算得真準，才走回位子上時，我的手機就來了他的電話：

『這下子知道別亂在電梯裡放屁了吧？過氣作家。』

「聽不懂你在講什麼。」

嘖，看來養小鬼已經不足以洩恨了，眼前重要的是去找個殺手殺了他才是要緊。

對！就這麼辦！

『喂？妳聽到沒有？』

回過神來，這惹人厭還自顧著說。

「聽到啥啦？混帳！」

沒好氣的，我回答。

『校稿的事，我今天很忙得要凌晨三點鐘才有空，就那時候我們再來校稿吧。』

「誰跟你他媽的凌晨三點鐘校稿？這事我自己來就好，您老子就好好歇歇吧。」

『我不要，我一向稿子都是和責任編輯一起做最後校稿的。』

我懂了。

我說：

「這樣吧，我道歉，餿水的事我很抱歉，在電梯裡放屁的事我也很抱歉，但我哪知道你緊接著就走進去！本來嘛！空無一人的電梯做什麼我不能放個屁排解無聊呢？」

『妳剛還不承認？』

「我現在承認啦！混帳！」不對不對，心平氣和點、把這事處理掉，「總之，這一個月來的所有一切都是姐姐我的錯，我道歉，但我已經沒有力氣和你玩互整遊戲了，所以、稿子我校就好，您只管等著簽書會迷死一缸子小女生賺錢養我們就好，知道了嗎？要乖喲～～」

『我不要。』

「你！」

『凌晨三點鐘，我要和妳校稿。』

「三個字，辦不到。」

『為什麼？』

「老娘晚上過十點就打死不出門！這事沒得談！」

『妳以為妳灰姑娘哦？還十二點就會變回原形咧，笑死我實在。』

嘖！

「因為夜深還走在街上會被強暴啊！我娘生我下來可不是為了遇到這衰事的！你是白痴還是智障或者兩者都是！混帳！」

然後有夠M的是，他又笑了。

『這樣吧，妳給我地址我去接妳。』

「為什麼？」

『因為我今天真的很忙得到凌晨三點才有空校稿，而我真的一向都和我的責任編輯一起做最後的校稿，再說明天就要進廠印刷了，所以妳要給我有責任感一點。』

「為什麼？」

『再問妳就自己給我滾過去。』

然後有夠M的是，我就給他地址了。

凌晨三點鐘，不打烊的真鍋咖啡館，兩個人，校稿。

『喂！我的小說再無聊妳也犯不著整個人呈現呆滯狀態吧？』

「不，這位小兄弟，這裡有點道理姐姐得說給你聽聽。」

『請說。』

「我只是有起床氣外加睡前呆。」

『睡前呆？』

「嗯，每到十二點的時候我就會開始整個睏，每當整個睏之前我就會整個呆，更別提現在是凌晨三點鐘，我想我整個人想必已經呆到破錶了。」

我說，接著有夠沒禮貌的是，他竟就立刻拿起手機拍了我張照片。

「這幹嘛？」

『難得見妳呆，拍張照留念。』

「哦。」

『嘖嘖嘖，果真是有呆，換作是白天的話，妳早就開炮了。』

「嗯。」

『受不了。』

「欸。」

『唉～～』

「校稿啦快校稿，姐姐很睏溜。」

校稿。

無聊的校稿。

『欸，妳幹嘛封筆了？』

「你怎麼知道我封筆了？」

『聽他們說的呀。』

「哦。」

『幹嘛呀？封筆。』

應該是睡前呆的關係，我想，因為我連自己也驚訝的是，我居然就直直的給他據實以告了：

「因為我失戀，所以寫不出來了。」

『失戀不是反而幫助寫作嗎？』

「以前我也是這樣，但是那個人不一樣，所以現在就寫不出來了。」

『他是怎麼樣的人？』

「只適合被放在回憶裡愛的人。」

『個性很壞？花得要命？會揍女人？』

「都不是，只因為他是個屬於回憶的男人。」

『他出現在過妳書裡嗎？』

「沒有。」

『為什麼？』

我不想回答這個為什麼，於是我把問題丟回去給他：

「倒是你，幹嘛不交女朋友？」

『妳怎麼知道我沒交過女朋友？』

「當然嘛是你親愛的表姐說的呀，而且實不相瞞，她還很憂慮你搞不好是個Gay。」

『我不是啊。』

「哦，那這點我可得快快轉告她，以報答她連你尿布包到國小三年級這事都告訴我的驚喜。」

『可惡！我非得殺了她不可！』

哈！有爽！

把咖啡喝了乾，沒頭沒腦的他把話題扯回去，他回答：

『只是沒遇到想要愛的人而已，我不想要為了愛而愛，我有情感潔癖症。』

情感潔癖症。

他說，然後不知道為什麼的是，我怔怔的望著他，竟就沒用哭了出來。

『喂！突然的、妳哭什麼呀？』

「因為我難過的發現到你這惹人厭會懂我呀！」

『怎麼跟我當初看妳小說時的ＯＳ一樣？』

「這我哪知道啦！」

輕拍著我的背，他好像完全性的不在乎我的哭泣，而自顧著說：

『嘿！妳有沒有聽過一首歌？No Name的「守護天使的告白」。』

我沒聽過，也沒回答，我只擦乾了眼淚專心的沉默，因為他話裡有個什麼讓我想逃，他沒說出口的、什麼。

『不知道為什麼，那時候看妳小說時，我直覺想起這首歌。』

最後，他這麼說。

守護天使的告白。

妳應該放肆的大聲哭了
妳應該拒絕再忍耐枯燥
妳應該微笑　妳應該唱歌

妳應該跟愛的人擁抱
妳應該是妳心裡想的世界　美麗的主角

（作詞：姚謙　作曲：Ronald Fu）

對不起，我想你

sorry but I can't stop missing you

第十一章

那個名曰心動的表情像是把鑰匙般的、讓我關了一整年而且還鎖上的心，不設防的開了點縫，我不知道該怎麼辦，我覺得有點不太習慣。

因為我已經關了一整年的心，因為把心關起來總是比較安全。

寂寞，卻安全。

「可能是寂寞到已經習慣了吧。」

突然的，我說。

『嗯？』

「剛才妳問我，單身都一年了，難道不會寂寞嗎？會呀當然會寂寞，可是單身都一年了，早已經寂寞到習慣了，所以反而也就不那麼在意這寂寞了。」盯著頂著個大肚皮的秋雯，我感傷，「只是每次看到身邊的妳們都成雙成對甚至妳都要多了個兒子了，妳們都已經不再是一個人了，妳們的未來也不再只是自己的未來而是你們的未來了的時候，我會覺得滿孤單的。」

『那麼為什麼還抗拒？是因為——』

「別說。」

別把賴映晨這三個字說出來，我還沒有辦法……沒有辦法。

「因為那一段，還是傷。」

最後，我只淡淡的這麼說。

『妳這話倒是讓我想起有個國小同學叫作是王天豪。』

在天母的Häagen-Dazs裡，秋雯聽完那天在不打烊真鍋咖啡館裡我和惹人厭的奇異之夜後，這是她開口的第一句話。

『那時候王天豪追我可真是追到了個全校轟動法——』

「等一下，這裡有個什麼我不懂。」

『請直問。』

「那位王同學是個Gay嗎？要不怎麼會想要追個小男生還追到全校轟了動？」

『我小學時紮了兩條瓣子好嗎？看得出來是個小女生好嗎！』息了怒，秋雯決定再補充：『而且我小學時代可還是個瘦瘦小女生呢。』

「嘖嘖嘖，這精采！下次可得記得帶張妳小學時代照片過來我瞧瞧，我可真好奇妳看起來是個女生而且還是個瘦瘦小女生呢的模樣，珍貴、太珍貴了，哈！」

隨手抄起湯匙往我臉上飛來，秋雯有夠不堪回首的說：

『我是國中發育期一個沒留意吃到過了頭再加上懶得洗頭髮所以剪了短頭髮才會導致高中時代變成了個壯漢的好嗎！』

「只有國中發育期才一個沒留意吃到過了頭嗎？噗哧～～」

『好啦好啦，從國中發育期開始就一直沒留意始終吃過頭，怎樣！』

「只有高中時代變成了個壯漢嗎？」

『好啦好啦，在遇到大胖之前我都是個壯漢但可是個帥哥壯漢，怎樣！』

「只有——」

『小腿骨很閒嗎妳？』

「沒，請繼續。」

又吞了兩盒Häagen-Dazs，始終吃過頭的秋雯才又繼續；

『剛剛說到哪？』

「沒錯過妳女兒身時期的王同學追妳追到全校轟了動。」

『嗯。』一把抓過我的Häagen-Dazs繼續吞，『好像是因為他腳掌長得不好看的關係——』

「Excuse me?腳掌長得不好看？」

『嗯，腳掌很重要，我這個人什麼都不介意就除了男人的腳掌，這個介意很奇怪嗎？』

「不奇怪，請繼續。」

『嗯，那時候我討厭他討厭得要命，差不多可以說是見他一次就想揍他一次那樣子的討厭程度——』

「是想見一次就想揍他一次，還是見他一次就真揍他一次？」

『咳……確實是揍過那麼個幾次，不過可不是每次，我澄清。』

「就猜到。」

『隨妳猜，』清了清喉嚨，還好女人的紅了圓嘟嘟臉蛋，秋雯問：『可結果後來妳猜怎麼著？』

「怎麼著？」

『幾年前我們再度又重逢，當年的那個小討厭居然長大變成了個大帥哥。』

「怎麼帥？」

『吳尊妳可知道？』

「嘖嘖嘖，吳尊配Ella，你們可真是花樣少男少女的路人版哪。」雖然有點冒險，不過我還是決定澄這麼個清：『吳尊配爆肥Ella的路人版，我更正。』

『好說。』結果還是偷踹了我的小腿骨，這混帳！『我那時候超想甩了大胖求變帥王同學再愛我一次，因為妳知道，光想到和吳尊舌吻就整個夠讓人那個的。』

「喂喂喂，我說妳們孕婦講話尺度未免也太Over了吧？」

『別這樣，我七個月了，妳知道我意思。』

「我一年了，那又怎樣？沒頭沒腦的說這堆，為的只是想炫耀妳國小給人追爾後那人還帥成了吳尊，這樣而已吧？」

『非也，意思是反正妳空窗而且一年了，眼前又正好出現了這麼個好貨色，雖然一開始妳討厭他討厭得要命，但是搞不好後來事實證明你們會是天作之合而他就是妳的那個人，雖然說他的個性聽起來和妳一樣差又惹人厭──』

「不是只有妳會踹小腿骨的，妳懂我意思。」

『我懂。』於是她重來：『意思是反正妳空窗一年了，眼前又正好出現了這麼個好貨色，雖然一開始妳討厭他討厭得要命，但是搞不好後來事實證明你們會是天作之合而他就是妳的那個對的人。』

「嘖嘖嘖，這麼會亂掰，我看該去寫小說的人是妳而不是我。」

『好說。』有夠色的瞇了眼，『而且妳說他沒有交過女朋友？』

「是滴。」

『哦～～老天爺，光想到是個未開發就整個令人很──』

「咳咳，這位孕婦，隔壁坐了桌未成年少女，拜託妳措辭保留些可好？」

『別這樣，七個月了，再加上我肚子裡可是有個男生荷爾蒙正在長成，妳怎麼能夠責怪我尺度大開色慾熏心呢？』

「聽妳在放屁。」

『放不過妳屁。』

「哼！好說！」

嘖！那天真不該在電梯裡放屁的！可惡！萬一往後我們當真交往起來，那約起會來可還搭不搭電梯哪？

唔……幹什麼我居然想到那裡去？

嘖。

『還是說，妳深怕把他開發後，結果他小子信心大增跑去開發別的未開發？嗯？』

「嗯妳媽個頭，妳這個色胚大肚婆！」

『哼，隨妳怎麼說。』

又兩盒Häagen-Dazs的猶豫過後，我決定給他坦率的這麼問：

「可是我又不確定他喜不喜歡我。」

『聽起來他是對妳有意思的沒問題啦。』

「問題是，妳從頭到尾都只聽我這單方面的說辭，這哪準？」

『這簡單嘛！妳直接問他不就得了？笨！虧妳還他媽的寫愛情？老天爺！』

「妳知道，把愛情寫好和把愛情談好是兩碼子事。」

『知道啦知道啦，囉囉嗦嗦的強調個沒完沒了，老梗！』

「重點是，這事我可幹不來，因為妳知道，我可不想年紀一大把了結果被個惹人厭嘲笑自作多情搞得我心灰意冷退出文壇不說而且還搞不好直接出家去。」

『那我看妳退出文壇直接出家去好了，不過我看妳這個性搞不好連尼姑都排擠妳。』

「去死。」

『照我說，如果真喜歡一個人的話，就不應該這麼膽小、還他媽的面子問題咧！呿～～』

「我就是這麼膽小又媽的愛面子，怎樣？」

『隨妳想怎樣，倒是、他小妳幾歲？』

「兩歲。」

『老天爺，二十六歲的未開發，光想就——』

「我看妳直接去剖腹快快生下來好了，嘖！」

『哼！』

「而且妳知道嗎？那惹人厭居然還送我通乳丸直攻我死穴耶！評評理嘛妳評評理！哪有人會對喜歡的女生幹這鳥事的？吼～～光想就火大！惹人厭得要命！呸！呸呸呸呸！」

『我怎麼以為是某人先送了車餿水過去的？』

「哈！妳難道不覺得這禮物很合適他嗎？整個就是為他量身訂做的嘛！妙透了妙透了！」

突然換了個臉色，秋雯瞪著我問道：

『我倒想請問妳，妳喜歡我這個朋友嗎？』

「喜歡哪，實不相瞞如果我們四姐妹有個排行榜的話，妳絕對是我喜歡的第一名啦。」

並且很重要的是：「這話妳可別跟雅蘭還有淑婷講，我怕她們會傷心，接著硬是求我別還錢好讓自己變成第一名。」越想越不安：「妳知道、這可真是夠令人不好意思的，不過沒關係，我想我同意。」

『妳想太多，我看她們壓根不在意而且還快活！』

「隨妳怎麼說。」

哼！

『那好！為什麼某人在老娘二十四歲生日時送了件束腹還有整一箱的減肥茶直攻我死穴！這也是量身訂做妙他媽個透嗎！』

唔……好兇。

「幽默感哪幽默感。」

『去死啦！再給我叫兩盒Häagen-Dazs來消消氣。』

「老天爺，我忍辱負重含辛茹苦贏來的一萬塊該不會就這麼被妳吃掉吧？」

『想想某人當年送來的束腹還有整一箱的減肥茶以及該死的量身訂做兼妙透！』

「我懂，反正我再忍忍贏第二個兩萬塊就好。」

『喲？還是寫不出來傳說中的曠世鉅作嗎？它搞不好就在Häagen-Dazs咧。』

「別提他媽的鳥曠世鉅作。」我就是被這四個鳥字給搞慘的，「我說、四盒Häagen-Dazs可好？」

『沒問題。』

四盒Häagen-Dazs，沒提他媽的鳥曠世鉅作。

『所以呢？妳單身都一年了，難道不會寂寞嗎？眼前出現了個聽起來妳還算喜歡的好貨色，難道不值得妳勇敢嗎？還是說妳還想要再寂寞？只因為媽的面子問題？就這樣懸著一輩子的疑問錯過搞不好是妳對的那個人？』

「我只是喜歡和他互整，這點我得強調，我並沒有妳以為的那麼喜歡他。」

『哦？』

「好啦好啦！我承認每次和他搞互整時我表面上很氣但其實心裡面開心，那又怎樣？」

『那很好呀，然後呢？』

「然後真鍋的那一夜也滿還有點那麼些什麼的，但那八成只是因為我的睡前呆、妳知道，那時候就算是陳水扁坐在我對面，我都會覺得他超帥！」

『哦？哦？』

「好啦好啦，我承認我雖然氣得要死半夜三點還得出門校他媽的鬼稿子重點是還沒有加班費，但不知道為什麼我還是答應他。」

『那很好呀，然後呢？』

「然後還有他輕拍我的背時，感覺還滿舒服的，妳知道、我一向是喜歡有雙大手的男人。」

『哦？哦？哦？』

「好啦好啦，我承認當他輕拍我的背時我腦子裡想的是該死了你誰准你未經同意亂拍我背但心底卻覺得嗯、怎麼搞的有種久違的安全感。」

『很好了，然後呢？』

「然後實不相瞞寬肩膀又濃眉大眼的男人也比較容易讓我在睡前想些有的沒的，咳……」

『性幻想？』

「這位孕婦……」

『好啦好啦，我就問妳這麼個問題好了。』

「請問？」

『那幹什麼妳隔天就急巴巴的跑去買了「守護天使的告白」這專輯？而且還Download在手機裡聽它個馬不停蹄？』

可惡！早知道這段我該保留而不是全部告訴她的！失策！

『我可告訴妳，老了我只想坐在沙發上罵我兒子不孝嫌我老公沒用，而不是陪妳坐在搖椅上翻著舊照片細數當年事。』

——難得見妳呆，拍張照留念。

不知道為什麼，當秋雯說出照片這兩個字時、祥恩那晚的這句話突然不請自來的飄進我腦海，祥恩那晚的這句話，還有他說這話時當下的表情；算我自作多情好了，我想那個表情如果要給個名字的話，那名字會叫作心動。

心動。

那個名曰心動的表情像是把鑰匙般的、讓我關了一整年而且還鎖上的心，不設防的開了點縫，我不知道該怎麼辦，我覺得有點不太習慣。

因為我已經關了一整年的心，因為把心關起來總是比較安全。

寂寞，卻安全。

「可能是寂寞到已經習慣了吧。」
突然的，我說。
『嗯？』
「剛才妳問我，單身都一年了，難道不會寂寞嗎？會呀當然會寂寞，可是單身都一年了，早已經寂寞到習慣了，所以反而也就不那麼在意這寂寞了。」盯著頂著個大肚皮的秋雯，我感傷，「只是每次看到身邊的妳們都成雙成對甚至妳都要多了個兒子了，妳們都已經不再是一個人了，妳們的未來也不再只是自己的未來而是你們的未來了的時候，我會覺得滿孤單的。」
『那麼為什麼還抗拒？是因為——』
「別說。」
別把賴映晨這三個字說出來，我還沒有辦法……沒有辦法。
「因為那一段，還是傷。」
最後，我只淡淡的這麼說。
在離開Häagen-Dazs的路上，秋雯問我：
『所以呢？你們下次見面是什麼時候？』

「他的簽書會吧。」

『期待啦。』

「期待個屁。」

『簽書會在哪？孕婦要去捧個場。』

「老天爺！光想到又要被他頤指氣使大呼小叫當眾羞辱就覺得很火大，老娘可也曾是個大作家耶！老天爺！」

『這位同學，我不是第一天認識妳了。』

嘖，老朋友就這壞處，她會懂妳懂到聽出妳話裡沒說的那些，而且還挑明了追問。

「好啦好啦，是巡迴的簽書會，不過個人還是期待妳這大肚婆別去到現場，因為妳知道、有個色瞇瞇孕婦同學會讓我覺得很丟臉，老娘可也曾是個大作家耶。」

『這位同學，我不是第一天認識妳了。』

嘖，麻煩的老朋友。

「好啦好啦，是巡迴的簽書會，南部那幾場我們會訂旅館過夜，可是又不是只有我們兩個人這點我得要強調。」

然後這色瞇瞇大肚婆又開始丟死人的興奮了起來：

『老天爺！這簡直活像我和大胖交往的當時。』

「哦？此話怎講？」

『也是在南部，地點是墾丁，當時我們辦班遊還啥鬼名義的……唉～～隨便啦！然後妳知道，嘿嘿～～』

「夠了夠了請閉嘴。」

『不行不行我要講。』丟死人的更興奮：『那時候我就直覺他喜歡我而且很久了，剛好呢我也有那麼點的喜歡他，可是怎麼辦呢？兩個人都這樣子ㄍㄧㄥ下去也不是辦法，因為我才不要錯過他咧！於是呢我們一群人在飯店的Lounge bar喝生平第一杯的長島冰茶時，趁著酒意我壯膽，大大聲的給他問下去說：喂！我喜歡你，你呢？』

「三個字，辦不到。」

『什麼辦不到？』

「妳休想我如法炮製一番，因為妳知道，老娘已經二十又八了，可已經過了借酒壯膽的年紀，更別提對方可是個壞嘴巴，妳想想、要我這麼問的話，他肯定會回答：怎麼？我是犯太歲嗎？」

『妳為什麼有把握他會這麼回答？』

「因為要換作是我是他的話，就是這麼個回答。」

『哦……我倒是沒在想要妳如法炮製的意思，怎麼？原來妳一聽就打算如法炮製一番哦？』

噴！實在是不該有老朋友的。

「聽妳在放屁。」

『哈！隨妳怎麼說，還有還有——』

「老天爺，還有哦！」

『還有就是，當大胖好害羞的說：嗯，其實我也才想這麼跟妳告白耶的時候，我就小小聲的追加了一句——』

「好了好了，我的直覺告訴我、妳追加的那一句我可不想聽。」

『管妳去死我偏要說。』把嘴巴整個貼近我耳邊，這色瞇瞇大肚婆有夠回味的說：『那、你想分享我的D罩杯嗎？』

就猜到！

噴。

》第十二章《

『時間是下午三點過九分。』

「嗯？」

『我的初吻，發生在下午三點過九分。』

然後我再度吻上他，只是這次是法國式的那一種。

而連我自己也覺得好奇怪的是，我知道我沒錄到他那會讓我贏到好帥一筆年終的關鍵四個字，而我心底的ＯＳ連我自己也嚇一跳的居然是：那又怎樣？

簽書會。

惹人厭的簽書會。

一開始我還有點搞不懂，幹什麼這群人居然凌晨六點鐘就跑來排了隊為的是確定自己能夠和這惹人厭簽到名拍到照握到手或許還寒暄個兩、三句；不過回想起當年國中時我可也不為了小虎隊的解散而哭溼了枕頭而且還哭溼了好幾個枕頭？喔～～老天爺！至今回想起來老娘依舊心酸酸，記得若干年前有回我無意間聽到廣播裡闖進我耳膜小虎隊的那首「紅蜻蜓」，當場眼淚立刻給他那麼沒路用的灑出來。

我們　都已經長大　好多夢正在飛　就像童年看到的紅色的蜻蜓
我們　都已經長大　好多夢還要飛　就像現在心目中紅色的蜻蜓

（詞：李子恆／曲：Nagabuchi Tsuyoshi）

按了按眼皮、抬頭我望望天花板，真是老天爺，又是個若干年以後的現在，在心底哼起這歌曲還是整個哭意濃。

嘖。

按了按眼皮、望了望天花板之後，我的心情平靜些，然後開始忙著眼前該做的要緊事，這要緊事並非盡我的責任編輯工作，卻是捲住舌頭咬住下唇緊捏大腿好要自己別衝上台去搶麥克風大聲說出眼前這位保持著好看笑臉整個親切風度到令知道真相的我直想大喊：「他都嘛是裝出來的！別被他騙了呀、各位同學！私底下的祥恩難搞大牌又無理取鬧不說，還有夠沒倫理觀念的三不五時就對著老娘這前輩冷嘲熱諷惡意毀謗明明就不是事實的過氣作家，氣死人嘛我說這。」

才在心底嘟噥這麼一大堆時，我的耳朵告訴我有個什麼不太妙，因為它聽到台上麥克風傳來惹人厭不懷好意的聲音，並且那聲音正在對著現場滿滿的書迷洩露一件我打死都不會想要聽到的小八卦：

『為了慶祝台北這最後一場簽書會圓滿落幕，我們特別邀請了個神祕嘉賓蒞臨現場！』

你敢！

『而且最感人的是，這是神祕嘉賓出道以來的首度露面喏！』

喏你媽個頭啦！

才轉身想趕快落跑時，我身後就傳來了我的筆名，而且筆名前整個很惹人厭作風的加了過氣作家這四個氣死人的字眼！

『嘿！那位嘴裡塞滿餅乾、手裡端著滿滿蛋糕、身體挨著咖啡機不走的過氣作家！大家都在等妳上台致辭耶。』

該死了你！混帳王八蛋！很好，整我是吧？

把餅乾吞掉、把蛋糕放下、把咖啡又倒滿一杯好等著待會涼些能夠立刻喝之後，我小小聲的對偷笑到不行的小ＹＧ說：「老娘加薪加定了！」忍辱負重的我上台，接過麥克風，我好演技的假好不小心高跟鞋踩到惹人厭的腳，在他痛得強忍淚同時，我好客套的保持著笑臉、整個親切到噁心的自我介紹打聲招呼，然後我說出在走上台的那一刻就準備好了要說出的話。

我說：

「謝謝各位來參加葉同學的簽書會喲，為了慶祝這台北最後一場簽書會圓滿落幕，我們特別爆個人氣作家的料給各位聽聽要不要？」

他不要，而台下的掌聲則是整個很要。

「就是呀，如今這位帥氣又才華的人氣作家當年呢……噗哧！」

他快快走過來想要搶回麥克風，於是我加緊速度扯開喉嚨：

「祥恩直到國小三年級還是個尿布鬼！而且國中還尿過兩次床！」

他整個大抓狂：

『誰跟妳國中尿過兩次床！』

「但尿布包到小三這事你敢指著天花板發誓並沒有，嗯？」

他沒發誓，他有夠沒風度的當眾往我腳踩去而且是加倍用力的那種，還有夠沒演技的說：『不好意思哦，不小心踩到妳的腳，呀、都紅了腫起來耶！』

「你！」

二話不說我麥克風往他臉上飛過，接著趕在我倆當眾扭打成一團之前，小ＹＧ趕緊率領工作同仁衝上台來把我倆架開。

哼！

這次的脫序演出換來的結果是，整個南下的車程我們都把臉轉開以免戰火再開互吐口水，倒是光聽我說要給她介紹男朋友就立刻厚著臉皮硬是要跟的宋育輪和小ＹＧ兩個人整車上都嘰嘰喳喳的聊個不停。

怎麼會這樣呢？怎麼可以呢？明明應該他們要像是當年我介紹雅蘭和小俊認識時那樣互相不順眼而且還互相飛湯碗的才對呀！怎麼會這樣呢？

『可惡！妳身邊有這麼個好女孩，而妳居然藏起來一直沒有介紹給我！』

在簽書會場外的Starbucks裡（這家書局耳聞上個場子的脫序演出，為了避免悲劇再發生，因為畢竟這惹人厭靠的是臉在賣書！哼！於是特別請求老娘我別現身惹人厭簽書會，嘖！）小ＹＧ有夠文藝腔的飆來這麼一句話，聽得我當場口中焦糖冰咖啡吐得滿桌溢。

『就是說咩，妳身邊有這麼個優質男，而妳居然藏起來一直沒介紹給我！』

接著噁爛宋育輪也快快搭腔。

「老天爺，我說哪位善心人士幫我叫個救護車先？我已經瘋到快想把自己的頭泡進焦糖冰咖啡裡了。」

『這杯子那麼小，妳頭哪泡得進去？』

「所以我說我快瘋啦！妳白痴哦！」

『明明就是妳有語病，幹嘛還怪小輪指出這不對？』

「老天爺，救護車哪救護車！」

『那妳何不出去逛逛？或者乾脆回飯店去抱著枕頭和它互丟麥克風還踩腳？』

宋育輪說。

我轉頭瞪她。

『就是呀，或許妳的曠世鉅作就在飯店裡呢？』

小ＹＧ問。

然後我就被氣跑了。

什麼嘛！什麼跟什麼嘛！我說熱戀中的人幹什麼礙人眼就是這麼個回事！好呀好呀每個人都去有情人終成眷屬啦！把我一個人晾在孤單界老了坐搖椅連貓都不理翻著舊照片垂淚到天明呀！好呀好呀！大家都——不要做朋友呀！就這麼辦！我說的是就這麼辦！聽到了沒有！就——這——麼——辦！

『妳一個人瞪著酒杯鬼吼個屁呀？』

轉頭，透過已經有夠茫的眼睛我看見惹人厭很惹人厭的也走進這飯店的Lounge bar而且還未經同意就一屁股在我身邊坐定，當下我瞬間清醒，為的不是唯恐被他瞧見老娘對著酒杯鬼吼鬼叫的醉態導致往後肯定又被說了出去嘲笑一頓，卻是——

——那時候我就直覺他喜歡我而且很久了，剛好呢我也有那麼點的喜歡他，可是怎麼辦呢？兩個人都這樣子ㄍㄧㄥ下去也不是個辦法，因為我才不要錯過他咧！於是呢我們一群人在飯店的Lounge bar喝生平第一杯的長島冰茶時，趁著酒意我壯膽，大大聲的給他問下去說：喂！我喜歡你，你呢？

「該死！我不該點長島冰茶的！簡直不祥到了個極點！」

他不懂我意思，因為他不曉得秋雯和大胖就是因為長島冰茶惹的禍，所以他只是轉頭對著酒保喊：

『聽來不錯，那我也來杯長島冰茶好了。』

不祥哪不祥。

「簽書會結束啦？」

『對呀，上一場雖然被妳氣得半死而且腳到現在還很痛由不得我的懷疑妳之所以穿高跟鞋完全就是預謀這！』灌了一口長島冰茶，『不過沒想到這次妳不在現場居然還怪無聊的，所以就快快簽完結束掉，反正時間還早，就乾脆來這喝個酒，』又喝了一口，『而且妳知道嗎？這是我生平第一次喝長島冰茶耶，感覺怎麼跟汽水沒兩樣？』

不祥哪不祥。

「那幹嘛不回房間抱著枕頭和它互丟麥克風還踩腳？」舉起長島冰茶想要喝，但想想又覺得很不妥。我放下它：「怎麼？因為可以去報公司帳所以就給他整個不客氣跑過來喝酒？」

『妳這是在說妳自己吧？』

哈！好說！

「剛好說到這，記得提醒我酒得全記你房帳，免得我回去又被小ＹＧ指著帳單嘰嘰叫。」

說完，好安心的，我又轉頭跟酒保要了杯長島冰茶。

『剛好說到這，一直就想要問妳，小ＹＧ到底是誰呀？』

「我才不要告訴你咧。」

『隨便！反正我也沒有很想聽。』

「但其實你從那天之後就一直想問到現在對吧？哈！」

『聽妳在放屁。』

「好奇到晚上睡不著還偷算塔羅牌對吧？哈哈！」

『並沒有。』

「你有你有你有！哈哈哈！」

『妳到底是喝掉幾杯啦？』把我從他手臂上扶正坐好後，他的眉頭皺得簡直可以打個蝴蝶結了。

老天爺！我真的是喝多了，每次我一喝嗨就會整個人掛在對方手臂上而且還摳對方的手心，嘖！這就是為什麼後來秋雯她們打死也不願意跟我喝酒的原因。

『先生，麻煩你給這酒鬼一杯熱咖啡，濃一點。』喊完酒保要咖啡後，這惹人厭還趁我嗨到氣虛時來上這麼一句回馬槍：『她因為書賣不好變成過氣作家所以心情很差就多喝了幾杯，不好意思哦。』

「去死啦！王八蛋！我是江郎才盡又不是書賣不好！呸呸呸！」轉頭：「喂！再給我來

杯長島冰茶呀！過氣作家要給他喝個醉醉的啦！哇哈哈～～」

『熱咖啡！』

「長島冰茶。」

『熱咖啡！』

「長島冰茶！」

『那好，那長島冰茶就簽妳房帳，熱咖啡就全部算我的。』

「熱咖啡，謝謝。」

一杯熱咖啡，酒意稍退後，我聽見他提議：

『要不這樣吧，我們來交換祕密好了，小YG到底是誰啊？老闆嗎？哇靠！該不會是特助吧？光想著技安成人版卻穿小YG就整個很搞笑。』

「你這是在玩真心話大冒險？」

『是交換祕密啦妳是醉到耳朵生鏽了不成？』有夠不屑的呸一聲，『我才不要什麼真心話鬼冒險咧！老子生平最恨的就這鬼遊戲。』

我同意。

『所以呢？誰是小YG？』

「我們親愛的總編。」

我說，然後很詳細的給他說明這前後的經過，然後他的表情告訴我，不久之後、我絕對會後悔交換了這麼個祕密。

唉～～算了啦管他去，反正又不是第一次把小ＹＧ惹火。

『好啦，換妳問我一個祕密。』

「你其實很喜歡我，對不對？」

我以為我這麼問了，但是結果我沒有，我問的是：

「那天你幹什麼偏要約凌晨三點校稿啊？存心故意想整我？」

『誰像妳那麼無聊又小氣。』

「隨你怎麼說。」

他笑了笑，接著我知道原來那天他有幾個通告要趕有幾個訪問要去有幾場演講要到所以時間整個滿檔，並且雖然他小說寫得不怎麼樣但總還是希望能盡力把它做到好於是才會執意要校稿，而凌晨三點鐘則是因為——

『不管再怎麼忙，我每天都要抽出一小時打場籃球，那是我最快樂的時刻，快樂到好像每天就是為了那一小時醒過來的那種程度快樂。』

「哦。」

撫摸著長酒杯，操著淡淡口吻，他回憶：

『我從國中就開始打籃球，籃球校隊，打後衛，大學時候還打到隊長的位置，我很得意，因為我控球控得真的很神，而那是我應得的；本來以為可以一輩子這麼打下去的，可是誰曉得那場校際比賽我受了傷，十字韌帶斷裂，妳知道那是什麼嗎？』

我不知道。

『斷的不只是我的韌帶，還有我的籃球夢；那是我人生中最低潮的時候，每天我最重要的事情就是勸自己吃飽好讓自己睡著！老天爺！我只想打籃球也只會打籃球！可是我再也打不好籃球，我甚至無法忍受坐在場邊看著別人打籃球，因為那樣我會忍不住想要跑去買把槍把他們全射掉！』

「那後來呢？」

『後來我看見妳的小說，然後現在我坐在妳的身邊在被妳丟了麥克風還踩了腳之後。』

「哈！好說，還有，穿高跟鞋並不是預謀，我只是單純的喜歡穿高跟鞋，難道你沒發現老娘一直就穿高跟鞋嗎？」

『有呀。』

「哦。」

『還不錯。』

「啥?」

『妳穿高跟鞋的樣子，還不錯。』

「真難得。」

『拜託!我們難得相處超過十分鐘以上居然還沒有吵架，就別破壞這奇蹟了好嗎?』

「你又知道我要講什麼了咧?」

『想也知道不是什麼中聽的話。』

「想太多，我想說的剛好也是這，我們難得相處超過十分鐘以上居然還沒有吵架，為此我認為我們再乾個杯以慶祝。」轉頭我喊酒保:「再來杯長島冰茶，謝謝!」

『還記得剛才我是怎麼說的嗎?長島冰茶就簽妳房帳，熱咖啡就全部算我的。』

「知道啦知道啦，掃興兼解嗨，呿~~」很沒用的，轉頭我更正:「熱咖啡，謝謝，要濃一點哦。」

好滿意的他笑了笑，然後說了一句小YG鈔票一張張飛進我口袋的關鍵話:『我真是以妳為榮。』

「你可以再說一次然後讓我錄個音嗎?」

『為什麼?』

我才不要告訴你咧!

「因為要慶祝啊。」

好天真無邪的，我說，然後快快拿出我手機。

『可以換個方法慶祝嗎？錄音感覺好奇怪。』

「不，錄音整個很適合，快快快，我的手機只能錄幾秒，那關鍵的——」

打斷我，他說：

『用Kiss慶祝如何？』

他提議，還靦腆。

我楞住，然後臉紅，然後筆直的凝望進他眼底，我感覺自己在點頭。

Kiss。

『時間是下午三點過九分。』

「嗯？」

『我的初吻，發生在下午三點過九分。』

然後我再度吻上他，只是這次是法國式的那一種。

而連我自己也覺得好奇怪的是，我知道我沒錄到他那會讓我贏到好帥一筆年終的關鍵四個字，而我心底的ＯＳ連我自己也嚇一跳的居然是：那又怎樣？

第十三章

『因為我又沒有嗜愛症。』

「嗜愛症？這是什麼鬼？」

『沒有愛情就整個人不對勁的人。』

「不太懂。」

把菸捻熄，他才說：

『我不知道妳身邊有沒有這種人，但我遇過很多很多，他們一旦沒有愛情就簡直渾身不自在並且還呼吸困難，要不趕著回頭去找舊情人瞎攪和，要不忙著上網找網友搞網戀，要不就是急巴巴的從身邊的異性朋友裡挑出某個好從朋友變情人還義正辭嚴的推說這是緣份到了或許還來上一句：驀然回首時，那人猛在燈火闌柵處。』又燃起一根菸：『那種人我理解且接受，但我不同意自己也是個嗜愛症的人，為愛而愛很可悲，我不想要我的愛情是個可悲。』

「為什麼一直不談戀愛啊？」

在谷關麗池溫泉會館的雙人觀景套房裡，檯面下的名義是為慶祝老娘贏到第二筆賭金亦即Handle他兩個月就多賺小YG兩萬新台幣到了手（為了他好，這點我是無論如何都不會告訴他的，怕的是他為自己的為人處世感到難過並且還好紳士的要我付這旅費甚至獅子給他大開口的要我Share他一半！），而檯面上的名義則是為了慶祝和祥恩從仇人變情人之後的首度出遊約會，在泡著暖呼呼溫泉時，忍不住我問了祥恩這麼個問題，我知道我已經問過了，但我就是忍不住的想要再確認一遍的問題：

「為什麼一直不談戀愛啊？」

『關於這問題某人不是在夜裡的真鍋就問過了嗎？如果需要點提醒的話，就是某人犯睡前呆的那一次。』

嘖！真是沒想到雖然是從仇人變情人，但這惹人厭的嘴巴還是沒變好。

「因為某人那時候並沒有回答我好嗎？」

『原來妳從那時候就開始暗戀我了哦？』

「你屁咧！我看你才八成對我一見鍾情而且打從心底驚豔老娘確實是文壇楊丞琳！」

『聽我說，我真的是愛妳，打從心底的愛妳。』好深情脈脈的凝望我，可嘴巴卻還是該死的惹人厭：『可是同時我還是沒有辦法自欺欺人的同意妳是文壇楊丞琳。』

去死！

『倒是、幹什麼才九月我們就要來泡這鬼溫泉啊？妳難道不覺得很熱嗎？』

「老天爺，你可真是小心眼，那時候明明猜拳猜輸我不去福隆衝他媽的鬼浪而是來谷關泡這暖呼呼溫泉的，結果怎麼著？現在倒是放起事後炮來啦？」

『事後炮個屁啦？因為才九月卻來泡溫泉，真的很熱耶！』

坦白說我也覺得滿熱的，但老天爺！光想到去福隆衝浪時海灘上塞滿的可是比基尼辣妹而他小子眼睛會有多麼的冰淇淋就教我打從心底的不爽！

但無論如何這心底的不爽我是不會據實以告的，於是我逞強的如此說道：

「這完全說得過去好咩？某人可是從十月就開始穿起衛生衣，而且還是阿媽款的羊毛衛生衣。」

『小YG？』

唔……雖然覺得不太妥當，不過我還是緊急剎車的點點頭，接著他臉上的表情告訴我，還好我點了這麼個頭。

呼～～

老天爺，我可不想被舉世皆知老娘是個從十月就開始穿起衛生衣而且還是阿媽款衛生衣的女作家！

起身我又開了罐冰透了的啤酒，老天爺！有什麼比一邊泡溫泉一邊喝啤酒還對味的呢？而且重點是、真他媽的熱死人了！或許確實是該去福隆衝海浪晚上住福華而且還指定面海房間的那一種。

嘖！

『妳到底是要喝幾瓶啤酒啊？才進房不到兩小時，那一手啤酒已經快被妳喝完了耶！』

「你管我，你才他媽的要抽幾根菸咧？老天爺，每次跟你道完再見回家之後，我總得把自己的肺給掏出來用吸塵器給吸一吸才能夠再放它回去，照我說如果我少活三十年的話準是這件事的錯！」

『順便把妳的心肝也用漂白水漂它一漂好了，如果妳這個人有心肝的話。』

「總比你腦子離家出走的好，可別提醒我再強調一次某人可是個賣臉的喲。」

『隨妳怎麼說！』

很任性的又燃起一根菸，好壞心眼的他接著說：

『放心啦，好人不長命，所以妳肯定活百歲。』有夠無恥的往我噴了滿臉煙，『照我說這是在幫妳做好事，讓妳活到七十剛剛好。』

「為什麼活到七十剛剛好？」

『因為我只打算活到六十八歲，所以妳活到七十剛剛好。』

唔……他這話裡有個什麼我想假裝沒聽到而且還逃掉，於是我就面不改色的轉了這麼個話題：

「倒是你幹什麼不戒菸就是不戒菸？這臭死人的鬼東西有什麼好抽的？」

『因為我愛抽菸就是愛抽菸，什麼事我都可以為妳而改變，但就這點辦不到。』

「為什麼？」

『因為在我最難過最低潮的時候，陪伴我度過的是它。』

「除了戒菸之外你什麼都願意？」

『嗯呀。』

「哦？」我彷彿聽見腦子裡的小算盤又撥了撥，接著我咳了咳，好天真無邪的操著娃娃音問道：「那、你會願意為了我而把你的下本書版稅改變匯到我戶頭嗎？」

『唉～～妳喲。』有夠無奈的推了推我的頭，第八百遍的我被問：『所以呢，妳的曠世鉅作有沒有可能在這溫泉會館裡？』

「天曉得。」

天曉得。

『因為家裡風水不好，所以家族裡的小孩戀愛運都很差。』

「啥？」

『妳剛問我的呀，為什麼我一直不談戀愛。』

這話我想了想，然後好恍然大悟：

「對吼！宋育輪也是一直沒談過戀愛直到她犯衰遇到了小ＹＧ而且兩個人還好濃情蜜意的對了眼，老天爺！你家風水果真有問題！欸、我有個朋友會看風水，我想她願意免費幫你們看一看沒問題。」

『妳白痴哦！我亂講的妳還真相信。』

嘖。

『因為我又沒有嗜愛症。』

「嗜愛症？這是什麼鬼？」

『沒有愛情就整個人不對勁的人。』

「不太懂。」

把菸捻熄，他才說：

『我不知道妳身邊有沒有這種人，但我遇過很多很多，他們一旦沒有愛情就簡直渾身不自在並且呼吸還困難，要不趕著回頭去找舊情人瞎攪和，要不忙著上網找網友搞網戀，要不就是急巴巴的從身邊的異性朋友裡挑出某個好從朋友變情人還義正辭嚴的推說這是緣份到了或許還來上一句：驀然回首時，那人猛在燈火欄柵處。』又燃起一根菸：『那種人我理解且接受，但我不同意自己也是個嗜愛症的人，為愛而愛很可悲，我不想要我的愛情是個可悲。』

「我同意你的這個同意。」

『那妳呢？妳是那種人嗎？』

「我要是那種人的話，就不會空窗一年多。」

『呵，乾杯啦。』

乾杯。

「所以呢？你是從什麼時候開始愛上我的？如果真的是一見鍾情的話可以直說沒關係，我不會毒舌的請放心。」

請說請說，快說快說。

『真的不是一見鍾情請妳真的要放心，而且雖然妳沒問但我知道妳接著要會煩我這麼一次，妳真的不是文壇楊丞琳請放心。』

嘖！惹人厭就是惹人厭。

「隨你怎麼說。」

『大概是在Lounge bar裡妳瞪著酒杯鬼吼鬼叫的那個當下吧。』

「這話怎麼說？」

『不知道為什麼，我突然覺得那樣子的妳讓我……嗯。』

「嗯是？」

『讓我很羨慕。』

「羨慕？」

『雖然我不是嗜愛症的人可是我真的也很想要戀愛，偶爾、我強調只是偶爾；偶爾很寂寞的時候也會悶得想要那麼做，搞個網戀或許還媽的從朋友變情人，可是沒辦法就是沒辦法，所以都只是想想而已；而且妳知道，我很愛面子，我想這大概是獅子座的錯，所以我辦不到像妳那時候的那樣，那麼自在的坦承自己的寂寞，而且還是在公開的場合。』把擱在一旁衣服上的錶拿過來瞄了瞄，『哦，三點九分了。』

Kiss。

每次見面時，只要遇到三點零九分，我們就會停下所有的動作只Kiss為的是紀念我們的初吻，說來好像很孩子氣，不過……沒辦法，這就是姐弟戀得付出的代價——妳總是得降低自己的格調變得跟他一樣幼稚，哦～～老天爺，為什麼講他壞話總是這麼好玩呀？

『所以那時候我心底有個什麼被瓦解了。』接著他又說：『然後我跟自己承認，是的，我愛上那個女人了，因為她雖然擺明愛逞強但個性卻很真，雖然她嘴巴很壞個性很差而且第一次見面就被我知道她熱愛在電梯裡偷放屁——』

「喂！差不多也該適可而止囉。」

『哈，好啦！』Kiss，『但我就是喜歡那樣子的她，喜歡每次都被她氣到笑出來，喜歡每次看到手裡有她來電就知道準沒個好事但還是很喜歡她的來電，喜歡且期待；而且說真的，當我接起電話前、表情會是笑，我期待妳的電話，我喜歡和妳見面，我不確定自己是喜歡妳還是愛上妳，所以我一直沒有說。』

「聽起來你明明就是在那之前就愛上我了，哈！」

他白了我一眼。

『對，但那又怎樣？我確實明明在那之前就愛上妳了而且就想跟妳告白因為雖然沒可能但我還是有點擔心如果在我告白之前妳就被人追走了怎麼辦？老天爺！這件事光想就很幹！』

「那幹嘛不早點告白？」並且：「什麼叫作雖然沒可能？因為你曉得、老娘可是——」

『文壇楊丞琳，就說這最後一次，三個字，妳不是。』

「王八蛋。」

他整個笑開來，真是媽的夠混帳！

『天曉得如果我跟妳告白的話，得到的會是怎樣的回應？』

「……」

『怎麼？老娘犯太歲嗎？對不對？』

「……」

拿起他衣服上的錶，我好冰雪聰明的把時針往回撥到三點零九分，「喂！時間到了。」

『這招沒用，坦白說、妳真會這麼回答我？』

「不，我會說我也喜歡你，而且很久了。」

『當真？』

假的。

「沒錯，在真鍋之夜那時候，我就喜歡上你了。」

『好吧，三點九分了。』

哈！這騙不怕的笨蛋。

『倒是，妳看過《失落的一角》這本書嗎？』

失落的一角？聽來是個翻譯書，想來應該泰戈爾寫的吧？嗯，沒錯，因為我唯一知道的國外作家就是泰戈爾，所以這書準是他寫的沒錯！

「嗯，有呀，整個很感人又夠詩意，文字細膩我欣賞，更別提那封面，該死的精緻！」

『沒看過不用逞強沒關係，』掩嘴他偷笑，『因為它是圖文書，字沒幾個圖很簡單，哪來的細膩和詩意呀？我說這大作家？』

「……」

『Sorry，我不該對曾經的大作家這麼直接的戳破。』

寒著臉，我直言：

「我寧願沒聽到你這個Sorry。」

『好啦好啦，三點零九分了，來。』

「來你媽個頭！」

『不要拉倒。』

三點零九分。

『遇到妳之後，不知道為什麼我老想起那本書，《失落的一角》。』

失落的一角。

用簡單的線條畫出缺了角的圓，用簡單的文字，說著一則有關尋找自我以及愛的故事。

失落的一角。

他缺了一角，他非常不快樂，他動身去找他那失落的一角，他邊滾動著身邊哼著歌曲：

我要去找我那失落的一角，我要去找我那失落的一角……。他上路，他找到了很多不同不同的角，但不是太大就是太小，不是太方就是太尖，他挫折，但他繼續，他努力的尋找，尋找自我，尋找愛；終於他找到了個合適的角，然而那角卻不想成為他圓滿的缺。

失落的一角。

他傷心，但他依舊繼續，繼續尋找自我尋找愛，終於有天，他找到了合適的一角，而且那角也想成為他圓滿的缺，他們成了個大圓滿，但卻又發現滾得太快，他無法再像從前那樣唱歌及從容；「這裡有個什麼。」他這麼明白然後告訴自己，接著他放下那角，從容離去，繼續過著他失落卻自在的人生。

「然後呢？」

『然後我覺得自己好像是那缺了角的圓，在第一次看到妳本人的時候；本來我很害怕妳會和其他我遇見過的女生一樣，只是我生命中不合適的角，後來我發現，妳其實是我剛好合適的那一角，我們成了個大圓滿，雖然很可能因此滾動得太快，無法再像從前那樣從容，但，那又怎樣？』

那很好，而且這裡有個什麼我聽穿：

「聽起來你明明就是對我一見鍾情。」

『好啦好啦，那又怎樣！』

「那——」

『三個字，不可能。』

「你又知道我要講啥了咧？奇怪溜。」

『那你明明就打從心底認為我是文壇楊丞琳，妳正準備要說這個，對吧？』

這話對極了！哼！

『文壇小S勉強可以同意啦。』

「文壇林依晨啦！」

『好啦勉強啦。』

「只是勉強？」

『我已經勉強到快爆開了好嗎？』

「這是在說雙關語嗎？」

往下瞄了瞄，我竊笑。

『這他媽對極了！』

他說，然後有夠展現他好臂力的來了個偶像劇裡最熱愛的公主抱，接著我們移駕到軟綿綿床上去確認別的事合適不合適。

確認。

在確認完之後，這年輕的老菸槍又燃起一根菸，接著他問了我一句我想要裝作沒聽到的話：

『我表現得還可以嗎？』

我打從心底寧願他問的是這個，可是他不是，他問的其實是：

『那麼妳呢？以前遇過些什麼樣的角？』

我裝死。

『就是那天的真鍋之夜打死不肯說的前男友。』

「哦……那個哦。」清了清喉嚨，我說：「國小的時候我曾給個男同學叫作王天豪的給追求到個全校轟動的地步，那時候我討厭他討厭得要命，只因為他有個我怎麼看怎麼不開心的腳掌，結果後來你猜怎麼著？」

『我猜妳這又是在避開問題顧左右而言他吧？』

真他媽的對極了！

『為什麼打死不肯提起他？連聊也不能聊？你們不是已經分手了嗎？』

我也想要知道為什麼。

我其實知道為什麼，因為他還在我心底，還沒有完全過去，所以連聊也不能聊，雖然我們已經分手了，而且很久了。

「因為沒什麼好提的，很一般的愛情還有很一般的分手，我包準聽了之後你會無聊到想把自己泡在溫泉裡抬頭看星星。」

我聽見自己又這麼避開問題顧左右而言他，只是這次比較有技巧了點；比較有技巧的、我翻身躺在他身上，我問：「我想你可以再爆開一次，因為你知道，第二次永遠強過第一次，而你——」

他懂我意思，他三點零九分，然後第二次。

對不起

sorry but i can't stop missing you

，我想你

第十四章

其實我只是害怕又失敗，對！這他媽的對極了！

我不要又失敗然後得面對姐妹們的質問：他很帥呀他對妳很好呀他只是有點事過不去是不是妳自己想太多了我看他明明就——我受夠了我不要！

我不要再好篤定的可以跟這個人天長地久結果卻還是又失敗！我不要再為我的情感潔癖感到抱歉並且自我指責或許真的是我想太多根本就是我這個人的錯！我不要在分手後每天每天問自己是不是我這個人真的很難被愛我受夠了我——

『妳當然得要把和前男友的交往細節告訴現任男友囉！相信戀愛達人的話準沒錯。』

這是淑婷聽了我對祥恩的困擾之後，搶先發表的第一句話。

而此時我們正在進行每星期的四姐妹聚會，而桌上擺了三份她們的排餐以及雖然賭贏了三萬塊但很賭爛的還是得先全部還給雅蘭的沒有錢只好點個心酸沙拉吃的可憐巴巴我。

「這話怎麼說？」

『這話這麼說：妳要是不把和前男友交往的細節傳達給現任男友聽，那他怎麼知道該送妳什麼等級禮物、帶妳上什麼等級餐館呢？可別忘了股市小天后的最初資金是怎麼來的，嘻～～』

「無恥。」

『真的啦，妳得讓他明白妳的價值才行。』說到了價值，淑婷突然想到了個什麼，她立刻換了臉色，有點小生氣的更了這麼個正：『還有！我心中姐妹們排行的第一名可也不是妳而是雅蘭！哼！』

我轉頭瞪秋雯，她低頭喝了杯水。

『我也是！我心中的第一名是淑婷！哼！』

這會，連雅蘭也嗆了這個聲。

我轉頭再瞪秋雯，她裝沒事的低頭嗑牛排。

沒辦法，我只好快快轉移話題：

『那妳呢？妳怎麼說？』

『他床上怎麼樣？』

這是色瞇瞇雅蘭聽了我對祥恩的困擾之後，搶先疑惑的第一個重點。

「第一次妳曉得當然有點糗，因為……咳，妳知道，但第二次之後就整個茅塞頓開突飛猛進了，畢竟曾經是個籃球員哪我說這，」雖然已經兒童有不宜了，但我就是忍不住的想再給他繼續往下說：「換個妳會懂的說法是，天曉得妳只要讓個棒球員曉得怎麼抓到要領揮出全壘打，接下來他就不會再跟妳客氣的。」

『哇塞塞！那——』

「喂！服務生！請把這色婆娘報警以現行犯抓起來罪名是妨礙風化。」

『喂！服務生！請把這餓鬼報警以現行犯抓起來罪名是偷竊。』

「我偷個屁！」

『妳一直偷挾我牛排！』

「喂！我這麼情深義重的把指標性的四萬塊全部拿出先還給妳，分點牛排吃會怎樣呀？小氣巴啦鬼！」

『妳還欠我三萬八千九，還完再分妳吃，哼！』

「我這是在幫妳減肥！還有，明明就是一萬七千八，妳少以為能誆我。」

『是三萬八千九。』

她們三個人異口同聲，嘖！一個個的腦子都那麼清楚是怎樣？

『我反對，把和前男友交往的細節告訴現任男友絕對是最蠢的決定，相信人妻的話準沒錯。』

這是秋雯的意見，當我一肚子鳥氣的吞著自個兒的心酸沙拉時。

「這位人妻湊啥鬼熱鬧？可別忘記妳也是個從一而終族，嫁給了初戀還搞出了人命。」瞪著大肚婆吃得好爽快的厚牛排，『妳的前男友妳的現任男友妳的好老公甚至是妳兒子的爸都是同一人，我瘋了才信妳的話準沒錯咧，呿～～』

好得意的笑了笑，秋雯提醒我：

『可別忘了我的王同學，嗯？』

『哪位王同學？』

有夠不解的、她們問，於是大肚婆秋雯重複了一次王同學當年沒錯過她女兒身時期還追她追到個全校超轟動，以及若干年後他們兩個人再度相逢到的事，重頭戲在於她整個超驚訝當年小討厭長大後帥成了個吳尊路人版，還有——

『什麼？一夜情！？』

我們異口同聲的驚呼。

『妳怎麼能夠忍住這麼多年沒炫耀？』

雅蘭問，還順便又拍掉我正想往她牛排進攻的手。

『和生平第一個追妳的男生長大後還帥成了個路人版吳尊一夜情聽起來是不錯，但地點還在巷子裡的Hotel這點我不欣賞，妳知道、君悅以下Level我連看也不想看，更別提進去脫下我的香奈兒。』

淑婷說，還順便摸了摸她新到手的愛瑪仕包包。

「那，妳肚皮裡的小傢伙？」

我問，順便很成功的還是偷挾夾到一大塊雅蘭的牛排，哈！

『是大胖的種沒問題啦！』氣呼呼的瞪著她的大肚皮，秋雯有夠不滿意的說：『妳們知道嗎？這小子才九個月居然體重已經破四千克！老天爺！我到時候會不會難產呀？』

『天哪！妳九個月了還跑出來跟我們吃飯？』

雅蘭驚呼。

『妳會不會吃著吃著就臨盆啦？妳羊水可別破到我古馳鞋上哦。』

淑婷警告。

『老娘就是要到處吃吃喝喝直到羊水破了，哼！』

秋雯堅持。

「妳怎麼知道是大胖的錯而不是妳吃過頭而且是一直以來就吃過頭——哦！很痛吶！王八蛋！」

雖然頂著個四千公克重的大肚皮但身手還是有敏捷的偷踹我一腳小腿骨之後，秋雯喜孜孜的說：

『是在結婚前那陣子發生的意亂情迷所以沒錯啦！因為我的肚子是在結婚後半年才被我老公搞大的所以種很純正沒問題！妳們曉得婚前恐懼症這東西嗎？我當時之所以一個失守就是這東西惹的禍！』

這話我們想了想，然後點點頭，雖然八成我們三個人坦白說可真他媽的都不理解婚前恐懼症到底是個什麼鬼，不過管他的，因為我們的重點壓根不在那，而是：

「我對大胖很欣賞這點我得先強調。但、既然是個吳尊路人版，幹什麼他會強過大胖只得到一夜？」

『是表現不好嗎？』

雅蘭問，而秋雯搖搖頭，還好回憶的笑了笑。

『想必是君悅以下的Level還是不行的。』

淑婷說，而秋雯對著她胸前的蒂芬尼鑽石深深嘆了氣。

「莫非是多年之後妳依舊對王同學的腳掌還是很介意？」

笑岔了氣之後，秋雯說：

『女人嘛！誰不都有個深埋心底的祕密。』

『只對姐妹說的那種？』

淑婷問。

『嗯哼。』

『所以大胖不知道？』

雅蘭確認。

『那當然。』

『這就是幹什麼當年麥迪遜之橋那電影會賣翻的原因。』

淑婷說。

『沒錯，不過可真是沒想到當年的那位中年人妻若干年後演出穿PRADA的時尚惡魔居然也對味！梅莉史翠普真是演誰就像誰！』

雅蘭搭腔，順便還因為這電影名而想到了什麼似的不解：

『對了，為什麼小ＹＧ也穿阿媽款羊毛衛生衣？我以為這世界上只有妳是個阿媽款羊毛衛生衣的熱愛者耶。』

該死！

「宋育輪告訴妳的？」

『對呀，她常來我們餐廳吃飯妳忘啦？』

該死！該死！真他媽的祥恩，真沒料到他居然大嘴巴的速度快得出乎我預期，他起碼忍到我離職後再廣播嘛！混帳王八蛋！

閉上眼睛我哀嘆：明天上班時準備掃廁所去吧我。

『還有，她要我更正，自從被妳嘲笑又嘲笑後，小YG早改成了旅寶，這點她很強調。』

「旅寶？」

『嗯呀旅寶，因為免洗褲所以不用洗，他改穿改得很開心。』

「很好，我喜歡她的這個強調。」

呼～太好了，有了這個新把柄看來明天上班時我依舊可以繼續坐在位子上當我的責任編輯了。

哈！

主餐撤走，換上附餐時，忍不住的、我把話題又帶回到最初：

「但問題是，妳怎麼判斷他只是個祕密卻不是個選擇？」

『因為我知道哪個是回憶哪個是未來，妳呢？』

我不知道，我只是低頭把咖啡喝乾，這樣而已。

把咖啡喝乾之後，我的手機響起，不意外的、來電話的人正是祥恩，並不是我們愛得太濃心電感應，而純粹只是現在是下午三點零九分，如果我們待在一起的時候就會停下所有動作只Kiss、相反的則互相打電話紀念的那個三點零九分。

就像全天下所有熱戀中的戀人那樣，這電話完全性沒有意義只是甜滋滋一堆，比較有什麼的是他問我妳在幹嘛我說我在和姐妹們吃飯哪接著他說他剛好沒有事要不過來一起吃正好他想認識認識我的姐妹們接著我說不用了啦反正我們剛好快吃完了不如還是晚上看電影時再見面吧。

在接下來完全性沒意義只甜滋滋一堆之後終於我掛了電話，而手機才放下，立刻她們異口同聲：

『幹嘛不讓他過來？』

「因為我們的規矩我沒忘，除非是要嫁了，否則沒必要介紹給姐妹們哪，怎麼？現在是只有我還記得這規矩？」

『我說規矩這東西訂來就是為了方便好犯規。』雅蘭說，『就像我哥就嚴格規定我不准再騙小短腿說我才是他媽，但只要他還是我哥一天我就要騙他兒子一次！誰教他小時候有次騙我說冰箱裡有碗西瓜汁結果我一喝很過份的居然是碗豬油！』重點是：『而且妳曉得，我對運動員一直以來就有種莫名其妙的好感，快點叫他滾過來，我同意再請妳吃客牛排！』

我不同意。

『我說規矩這東西老娘早就犯過規。』淑婷說，『就像小俊妳記得？我們不但沒論及婚嫁、甚至連他家我連進都不想進，但我們那時候還不是三不五時就一起見面吃飯還在妳公寓裡敷臉？』

「小俊不一樣，他本來就是我朋友。」還有，「我前晚接到他電話，聽來他現在還每天遊劍橋晚上咬棉被偷哭，妳行行好打個電話安慰安慰他。」

『其實妳只是害怕又失敗，對吧？』

秋雯問。

而這次我沒回答，我只轉頭向服務生又喊了杯咖啡。

沒回答也不用回答，因為老朋友的好處就在這，有些事妳連說也不用，她們自然就明白。

其實我只是害怕又失敗，對！這他媽的對極了！

我不要又失敗然後得面對姐妹們的質問：他很帥呀他對妳很好呀他只是有點事過不去是

不是妳自己想太多了我看他明明就——我受夠了我不要！

我不要再好篤定的可以跟這個人天長地久結果卻還是又失敗！我不要再為我的情感潔癖感到抱歉並且自我指責或許真的是我想太多根本就是我這個人的錯！我不要在分手後每天每天問自己是不是我這個人真的很難被愛我受夠了我——

『不用勉強自己改變沒關係。』打斷我的OS，秋雯說：『可是該改變的時候，也別勉強自己不改變。』

「我不知道，我有點怕，他甚至不肯為我戒菸，我幹什麼又要為他改變？」

『這點我同意。』淑婷說，『但或許他就是在等著妳為他改變時他才肯為妳而改變。』

『畢竟你們兩個聽起來好像是同樣一種人。』雅蘭搭腔，『再說，如果當兩個人都固執著先等對方改變先等對方繳械投降時，那怎麼會有未來？』

「我已經不再相信未來這兩個字了，我也曾有過兩個人的未來，有過，而且堅信不移。」

我也曾經有過兩個人的未來，和賴映晨的未來，有過，而且堅信不移。

我知道我未來會住在個黑色公寓裡，質感到居家雜誌會對它感興趣的那種，我知道我們不會辦婚禮只公證因為婚禮這東西簡直煩死人，我知道我們連婚紗照也不會拍，因為我們的幸福不需要依靠美得過火的婚紗照來提醒，我甚至知道我們不會生小孩，因為我們都對小孩子沒有辦法我們對自己有點不知所措所以我們不打算再生個小孩然後承擔三個人的不知所措，我還知道我們的蜜月旅行會是去歐洲遊他個一整年，就像分手之後我難受得讓自己做的事情那樣！而差別只在於沒有兩個人了，只有我自己了！

我一個人走著我們曾經約定要走過的國家，而最令我難堪的是，我甚至得找個藉口玩笑似的交代幹什麼我要去那些鬼國家看他媽的鬼風車登他媽的少女峰！

未來？去他的未來！

「我也曾經為了他而改變，他說這樣吧？我說好呀就這樣吧，他說那樣吧？我說好呀就那樣吧！可是結果呢？」

結果我現在坐在這裡，聽著曾經打破規矩見過賴映晨的姐妹們對我的指控，「那一段，太傷了。」

一切都曾經那麼的篤定，篤定到牢不可破，可終究它還是破了，把我傷了，傷透了，所以我不要了，不要有再一次的重複，我怕了，怕透了。

『或許妳第一件該改變的事情是，把這句話戒掉，那一段，太傷了，別再時時刻刻提醒自己這件事，他們是兩個不同的人，不管妳愛誰深愛誰淺，愛誰長愛誰久，但是懷抱著上一段感情裡的受傷來防備下一段感情的那個人，這是不公平的。』

最後，秋雯這麼說。

第十五章

愛情裡真有公平這回子事嗎？

我不知道。

真的不知道。

不知道我想不想知道。

所以我不說，絕口不肯提，因為我愛他，我愛祥恩，所以我不想去知道，不想要知道之後，換成離開的人是祥恩，換成他離開我，就像我當年離開賴映晨那樣，因為感情潔癖，因為過不去！

該死！

結果這天晚上我們並沒有去看電影。

在約定要來接我的時間前十分鐘，祥恩突然來了電話說他臨時有事改天再去吧？我說好呀沒關係反正我的地板已經好幾天沒吸了害我走得渾身不自在剛好利用這機會吸它一吸，接著我們有氣無力的小聊幾句，然後就悶悶的掛了電話。

吸地板。

我想去看電影，而他也想去，我知道，我們都知道，我們想去看電影，一起看電影，看什麼電影不重要，重要的是和他在一起；可終究我們還是沒有去，我不知道幹什麼我們要這樣彆扭明明想去卻又沒去，我只知道地板真的該吸吸了。

我渾身不自在。

吸地板。

剛才的對話裡有個什麼不對勁，我感覺到，而他也感覺到我感覺到，更有可能的是、他就是存心故意要我感覺到他感覺到接著好心機的等著我先開口確認：我們是不是怎麼了？

但是我不要，不要就是不要，這事沒得商量，就像他不肯為了我戒菸那樣，辦不到就是辦不到！

我知道他介意我一直不介紹他給我的姐妹們，我知道他介意我絕口不提他女朋友的前男友，我還知道他介意我打死不肯上他家見他家人甚至是他的哥兒們！我他媽的也知道他介意我每當濃情蜜意的像對肉麻熱戀情人般的聊起我們的未來時我就顧左右而言他的把話題轉了掉！

老天爺！他哪來那麼多介意？

是不是真的我們根本就不應該交往？會不會或許我這個人就是不適合被愛？

他愛面子，他獅子座，他拉不下臉來說破，那又怎樣？

我或許就是不適合談戀愛，只適合擁有和自己的未來孤單終老被貓討厭翻舊照片，那又怎樣！

差不多是在吸了第七次地板的時候，我的門鈴響起，連猜也不用猜的就知道登門拜訪的人是總知道該在什麼時候登上門來對付我的鬼打牆宋育輪。

「來幹嘛？」

『買了Starbucks的焦糖冰咖啡給妳喝。』

「黃鼠狼給雞拜年哪妳？」

好SOP的我問，只不過這次問得比較有氣無力，因為我沒有心情管他媽的SOP，我心情差透了，我只想吸地板，我心情差得連焦糖冰咖啡都沒力氣接過它狠狠喝它一大口，因為我忙著吸地板。

吸地板。

於是宋育輪也沒有SOP的接著這句：

『這也不是我願意的，誰教我喝不慣妳那即溶咖啡，只好自備囉！不是我在說的，妳那咖啡簡直不是給人喝的嘛。』

相反的，她劈頭就說：『我家附近那籃球場妳知道嗎？』

「知道呀，有回經過時還瞄到有個疑似曹錦輝的壯漢在那裡打球，天曉得我有多得意沒把這消息告訴雅蘭去，因為我可不想害她被警察依騷擾罪名抓去關，天曉得保釋她可得花我多少錢。」

『那妳最好繼續瞞著她，否則在妳少少的朋友裡又會少一個！』嘖了一聲，她繼續：『小恩這會人就在那打球，每次他心情不好的時候總是一個人去打球。』

「小俊在英國遊劍橋咬著棉被偷偷哭啦。」

『啊？』

很好，這下子就是連宋育輪也抓不到我的笑點了，很好，連她都變了，戀愛去了，和小ＹＧ，濃情蜜意，沒有問題，不鬧彆扭，沒有介意，未來看好；很好，只有我不適合談戀愛，很好！我會寫愛情可是我不會愛情，很好！活該我江郎才盡過氣作家，很好！

「冰箱裡有家庭號冰淇淋，芒果口味的，放心吃我沒下瀉藥。」收了吸塵器，我接著說。「雖然還是窮又一屁股債沒還完但妳的家庭號冰淇淋還是得要買，因為妳知道、天變地變世界再變！起碼這點我可以要它不准變！」

宋育輪沒去開冰箱打開那盒總是擺在冰箱裡的我從來就不吃的專門買來給她的冰淇淋，相反的，她直勾勾的盯著我，本來我以為她會說一些什麼放在我心底的話、說些什麼我不想說但她偏要說的話，但是結果她沒有，她發神經只說：

『黃鼠狼給雞拜年哪妳？』

然後更神經的是，居然我就笑了，笑得肚皮都痛了。

「妳幹嘛搶我台詞呀？」

『因為我想紅啦，怎樣？』

神經病！最神經的是，我居然問了這愛情生手這問題：

「問妳一個問題，我這個人是不是壓根不適合被愛？」

『問妳一個問題，把心打開來真有那麼難嗎？』

「不難，但也不容易，就是時候到了沒有這問題。」

『怎麼樣時候才會到？妳肚子被搞大？』

「神經病，我可沒那閒工夫搞大肚子瓜分妳家族財產，哼！」

顧左右而言他的我說，然而管他去死的，這小婊子宋育輪壓根不管水顧左右而言他，卻直勾勾的說：

『沒有誰是一生下來就很會愛情的，就連我眼前這個寫了不少愛情騙了不少錢只要心情一不好就關起門來吸地板的暢銷女作家妳也不例外。』

「真開心妳沒加上曾經的這三個字，因為坦白說，我真是恨透了那三個字。」還有，「誰跟妳媽的寫愛情騙錢？老娘賺的每一塊錢可都是累得趴趴的力氣放盡的賺來的，哼！老天爺，光是這麼說、我的媽媽手就又痛了。」

『隨便啦，誰在乎。』

我在乎。

『愛是接受，這話難道不是妳自己說的嗎？』

「更正，是我寫的不是說的，寫是一回事，說又是另一回事，而至於要不要身體去力行則又是更他媽的一回事！這點很重要，拜託不要我一直再強調。」

『隨便！總之，愛是接受，所以小恩如果愛妳，他當然就會接受妳，妳的情感潔癖，妳的絕口不提，所以呢？妳到底在害怕什麼？』

我害怕他不再接受。

愛是接受，我知道，我當然他媽的最知道！但問題是當愛情不再的時候呢？相愛的兩個人就開始不再願意接受，或者說是妥協，所以我會開始不再接受祥恩的愛抽菸，他不再接受我的心關上，就像那年的我和賴映晨一樣，我不再接受他的心關上，我甚至不再願意假裝他心裡有個人而那個人是她不是我！

而他呢？

老天爺！我真的還想他嗎？

我不知道。

真的不知道。

我不知道我想不想知道。

『妳愛小恩嗎？』

「小俊被淑婷甩了這會人在遊劍橋夜裡咬棉被偷偷掉眼淚啦。」

『妳不可以每次都這樣！』

「我哪樣？」

『妳心知肚明。』

對！我心知肚明，我愛祥恩，我當然他媽的愛祥恩，要不我幹嘛每次想起他嘴角總是笑？為他氣為他笑甚至為他危害我的肺？

可是那又怎樣？因為愛是會變的，妳越是以為它堅定不移，它就越是變得讓妳措手不及，就像那年的我和賴映晨一樣。

老天爺！我是不是其實只是想要藉著祥恩來忘掉賴映晨而已？這樣對嗎？這公平嗎？

愛情裡真有公平這回子事嗎？

我不知道。

真的不知道。

不知道我想不想知道。

所以我不說，絕口不肯提，因為我愛他，我愛祥恩，所以我不想去知道，不想要知道之後，換成離開的人是祥恩，換成他離開我，就像我當年離開賴映晨那樣，因為感情潔癖，因為過不去！

該死！

『嘿！』

「嗯？」

『妳為什麼愛小恩？』

「……」

『這是代替小恩問的。』

然後宋育輪起身，我以為她就要離開了，但是結果她沒有，相反的，她走到我面前，她說：

『把心打開來。』

「聽不懂妳在講什麼。」

『這是代替我自己說的。』

「神經病。」

『把心打開來。』

「知道啦。」

『把心打開來。』

「好啦。」

『把心打開來。』

「別耍我。」

『把心打開來。』

「……」

忍不住的，我還是哭了。

而宋育輪果真還是宋育輪，就這麼她放著我自己哭，然後跑到冰箱前拿出那盒我總買來只為了給她吃的家庭號冰淇淋，芒果口味的這次；差不多是在我哭夠了而她也嗑掉整盒家庭號冰淇淋之後，抹了抹嘴巴，她說：

『那個無名咖啡館。』

「什麼無名咖啡館。」

『臭女人！我都認識妳幾年了！我從妳還是個退稿界小天后時就認識妳了！』突然的、她像個姐姐似的兇了起來，兇起我這個曾經的大作家，以及更曾經的退稿界小天后，當然，『裝死還他媽的顧左右言他對老娘可是沒用的！』

該死的老朋友！嘖！

「突然的、兇什麼啦！」

『那個無名咖啡館！』

「我知道啦，怎樣？」

『雅蘭都告訴我了，有個人說了在那等妳，是嗎？』

「是又怎樣？」

『如果妳不想去籃球場找小恩的話，那妳就抬起他媽的屁股出門去那該死的無名咖啡館！』

「為什麼？我的曠世鉅作會在那裡嗎？」

『不，因為妳的答案會在那裡。』

「我幹什麼一定要知道答案？」

『因為我實在受不了妳他媽的老在吸地板！老天爺，還有、我一直就想問了，這整個粉紅色小公寓幹什麼妳還不把它漆掉？粉得我簡直快要得天花！』

「因為我欠了一屁股的債，沒錢買油漆啦。」

『卻有錢給我買冰淇淋？還Häagen-Dazs的？』

「……」

『……』

「因為我知道什麼是重要什麼可以忍，而妳實在屁股有夠大實在不該再這樣嗑了。」

而那盒Häagen-Dazs實不相瞞是上次和秋雯去的時候因為有打折所以順便買的，想來已經過期而且還很久了，祝她腸胃能安好，哈！

『這張支票妳拿去，下次我來時可不要再是這噁心的粉紅小公寓，老天爺，我胃又開始抽筋了，』好氣派的抽出張上頭隨手填上萬把塊的支票，宋育輪又說：『還有，不是籃球場就是無名咖啡館，總之妳不要再窩在這裡吸地板了，老天爺！妳難道不覺得吸塵器很吵嗎？』

是很吵，我同意，於是我抬起屁股出門去，我去的不是無名咖啡館卻是有祥恩打籃球的籃球場，並不是因為我不確定無名咖啡館打烊了沒有?而很單純的只因為反正宋育輪剛好要回家，所以我搭她便車。

老天爺，夜裡獨自出門可不是我的作風，更別提是夜裡獨自搭計程車!

在她的YARIS小車上，我聽見廣播裡主持人在囉嗦了半天之後終於播出的歌曲，這女聲聽來很熟悉，那歌詞有個什麼唱進了我心底讓我懂了個什麼，不過懂什麼不知道，於是我問宋育輪：

「這什麼歌妳知道啥名字嗎?」

『不曉得，幹嘛?』

「還不錯聽，妳聽得出來這誰唱的嗎?」

『好像是蘇慧倫吧。』

「哦。」

『我真懷念她的「Lemon tree」。』

宋育輪說，然後就哼了起來，而且還哼得有夠走音的難聽，走音到我一度誤會她是在唱鴨子。

唱著唱著，突然的、宋育輪說：

『「戀戀真言」。』

「什麼鬼？」

『妳不是問我嗎？這首歌是什麼名字？唱著唱著我突然想到，哦、是「戀戀真言」。』

愛上了你　所以決定忘記他　長久以來我不知道自己有多傻
我跟著你　不再把你當作他的影子　從今而後不必再作假

你的手溫柔的碰觸我　拂去我臉上的淚水
可是你明不明白我的感動是到底為了誰

（詞／曲：盧昌明）

沉默的專心聽歌直到結束之後，我說：

「我很高興這會這主持人選的歌不是「旅行的意義」。」

『哦？怎麼說？』

「這麼說：那我就會覺得這是個Sing，然後好神經的要妳放我下車掉頭喊趟計程車把我丟去無名咖啡館。」

『哦……這話我不太懂，妳可以用白話文說嗎？』

「好呀，白話文是宋育輪是個文盲心機又重屁股有點大胸部卻很小雙眼皮是高一那年暑假割的鼻子是去韓國墊的不過要命的是——」

緊急踩了剎車，殺氣很重的、她說：

『妳給我下車。』

哈！

「開玩笑的啦！這些我可沒告訴小ＹＧ。」

『那妳最好繼續瞞著他，否則在妳少少的朋友裡又會少一個！』

「好說！」

『倒是妳這個人也夠厲害。』

「怎說？」

『連小恩這種鐵票妳都可以搞掉。』

「什麼鐵票？」

『意思是小恩是個從一而終族，只要被他愛上了他就會愛到底，連這種鐵票妳都——』

等一下，這裡有個什麼我不懂‥

「是不是有什麼我該知道卻還不知道的?請麻煩用白話文告訴我。」

眼神閃爍了一下‥

『白話文是我們的家族遺傳裡有個基因叫從一而終，這遺傳只要是我們家的人就沒有一個會漏掉!所以為了避免弄到個錯的人還跟對方長相廝守所以才會更加謹慎挑另一半。』

「還有呢？」

還閃爍‥

『還有所以我們家小孩戀愛運不好的原因是這個而不是風水不好!老天爺!這種蠢話妳居然也相信！』

「還有呢？」

更閃爍了‥

『還有就是我和小ＹＧ有打算要結婚了，老天爺，我一想到往後小孩生下來我整形的事搞不好會整個敗露掉就有夠困擾的啦！』

「還有呢？」

閃爍到不行‥

『還有就是……呃……嗯……妳以為我搞什麼算那麼準在今晚上門來找妳？我可還沒衰到跟妳搞心電感應還好榮幸的是妳姐妹們排行裡的第一名。』

「還有呢！」

她放棄，她坦白：

『因為那時候小恩打電話給我，他沒說什麼但口氣很不對所以我一聽就知道事情不太妙。』

「他說了什麼？」

『他說想要去日本，雖然不確定什麼時候，但小恩從小就是個行動派有次我記得——』

「妳他媽的閉嘴給我開快點！」

最後，我聽見我這麼吼。

》第十六章《

『愛著一個把心關著的人真的很寂寞，尤其當我真的沒有辦法確定那心裡關著的人，是不是我？很寂寞，只要一寂寞我就抽香菸。』

「關著誰又怎麼樣？只要在我身邊的人是你不就好了嗎？」

『那麼，換成是妳的話呢？妳會怎麼做？』

我知道，我離開，就像當年的我那樣。

離開。

「嘿！你的膝蓋還好吧？」

遙望著在一個人的籃球場，這是我開口的第一句話，而膝蓋的主人並沒有回答我，卻是很耍帥的轉身倒扣籃球，這個耍帥有成功，只是這個回答卻沒有：

『我以為妳會去的是無名咖啡館。』

我苦笑，試著用我們都熟悉的開玩笑口吻，我說：

「很好，我們身邊的人一個個的都大嘴巴，以此類推，其實你早知道阿媽款羊毛衛生衣狂是我而不是小ＹＧ了吧？」

『不，這個我還不知道，不過現在我知道了。』

「祥恩——」

打斷我，他說：

『其實我說謊。』

其實我說謊，他說，可他卻沒有走向我，他只是站在原地，然後擦汗，然後喝可樂，然後燃起一根菸，這樣而已；不知道是不是因為站在月光下的關係，我突然覺得此時此刻的祥恩好像離我好遠，但其實不過就是個三分球的距離，可是不知道怎麼搞的，我突然有種好荒謬的錯覺：我再也走不近他身邊。

他身邊，他心底，因為心，關起來了。

我聽見了，因為心，是有聲音的。

其實我說謊。他說。

『早在電梯前碰面的一年多以前我就遇見妳了，那時候我讀了妳的小說，我興起自己寫作的念頭，在我人生最低潮的那陣子。』

在他人生最低潮的那陣子，他讀了我的小說，他感覺到個什麼，他興起寫作的念頭，於是他寫了個小說，用自己的文字，不怎麼樣的小說，甚至有點蹩腳，可是是個用心寫的小說，這個他確定；完稿之後他沒有頭緒該怎麼把這稿子變成出版品讓其他人讀到，於是宋育輪提供了幾個意見，最後他們決定親自把稿子送到出版社，我的出版社，我們的出版社。

「其實——」

『其實寄伊媚兒就可以，我知道。』

他知道，他說；他還知道的是，他的小說其實並不怎麼樣，不怎麼樣到不被出版也無話可說，從一開始他自己就知道，於是他聽了宋育輪的建議，他決定親自把稿子送到出版社，因為他心知肚明自己的優點在哪裡，而如果那個優點可以幫助他的心願能夠被完成，那麼、他幹嘛要放棄？

他的優點替他完成了願望。

在會客室裡等了一個小時不止之後，耍大牌的大主編終於出來見他面，本來只是想要敷衍一下把這個居然肯等一個小時不止的投稿者處理掉，結果慧眼識英雄的大主編看見了他的優點、他的外表，然後好勢利的立刻想到該怎麼行銷這個帥小子，然後這個行銷成功了，整個大成功，然後我在出版社的地位開始動搖、我開始不再那麼重要，然後他們開始不再空等我聲稱的曠世鉅作，我他媽的該恨他該怪他的，可我卻愛他。

是的，我愛他。我很想要這麼說，在此時的此刻，這麼告訴他，大聲的告訴他，是的，我愛他，我他媽的愛透他了！可是我說不出口，因為這三分球的距離，因為這該死的月光讓他顯得離我好遠。

『然後那天走出出版社時，我在人群裡看見妳朝著我走來，不，其實妳並不是朝著我走來，妳只是往我的方向、也就是出版社走來，妳看起來很心不在焉的樣子，妳明顯的有什麼事很煩，妳看起來好像快要哭出來的樣子，可是妳沒有，妳想哭可是妳忍住，那個表情告訴我，妳心底有個人，而妳不想他在妳心底，可他卻偏還在妳心底，就是那個表情，讓我想起「守護天使的告白」那首歌。』

「守護天使的告白」，每天在睡前，我依舊會聽它個兩、三次的歌，「守護天使的告白」。

而此時的此刻，早已經過了我的睡眠時間，而且很奇怪的是，我甚至沒犯睡前呆；而此時的此刻，我的守護天使操著遙遠的聲音，遠遠的告訴我：

『我說在我最低潮的時候陪伴我的只有香菸，其實並不是，陪伴我的，還有妳的文字。』

他說，每天每天他每天每天都想要戒菸，因為他看得出來我真的很討厭菸味，而他真的想要為此戒掉菸，他從國中就開始抽菸了，每次打完球後滿身大汗的喝著冰透可樂抽根香菸，感覺很爽，不健康，可是真的爽，很爽，可是——

『可是我菸反而越抽越兇了，妳知道為什麼嗎？』

我知道。

『愛著一個把心關著的人真的很寂寞，尤其當我真的沒有辦法確定那心裡關著的人，是不是我？很寂寞，只要一寂寞我就抽香菸。』

「關著誰又怎麼樣？只要在我身邊的人是你不就好了嗎？」

『那麼，換成是妳的話呢？妳會怎麼做？』

我知道，我離開，就像當年的我那樣。

離開。

『那個人。』

突然的，他說。

『我看過那個人，就在那家無名咖啡館裡，今天下午去的，當我打電話給妳而妳再一次的拒絕讓我認識妳的姐妹淘時，不知道為什麼，我突然很想去一去那個無名咖啡館，於是我就去了。』

他去了那無名咖啡館，推開那沉重的木頭大門，接著他聞到整屋子濃重的菸味，還有明顯不想要理人的冷漠老闆娘，位子很少人卻很滿，人很滿卻很安靜，一切的一切都沒改變，就算這個世界再改變，不，就算是世界末日到來了，那無名咖啡館、那冷漠老闆娘、那世界上最好喝的咖啡也永遠不會變，依舊待在那裡，待在那無名咖啡館的吧台後，煮著世界上最好喝的咖啡，不歡迎任何人，也不拒絕任何人。

無名咖啡館，永遠不會變。

『然後我看見那個人，就坐在最角落的位子上，他抽香菸，他喝咖啡，他穿得一身的黑，我其實不認識他也不知道他，但我第一眼就直覺那個人是他。』

「為什麼?」

『因為他看起來就像是在等人的表情，而那個表情，就像是我第一次看見妳的那時候，妳的那個表情。』

——那個表情告訴我，妳心底有個人，而妳不想他在妳心底，可他卻偏還在妳心底。

同樣的表情，不同的是，一年之前，一年之後。

『整個下午的時間我哪也沒去的、就是待在無名咖啡館裡喝咖啡抽香菸，學他，偷偷看著他，打量他，想像他，他和妳，直到我再也受不了了為止。』

「怎麼了？」

『在遇見妳之前，在看到他之前，我本來臭屁又自戀，我對自己滿意得不得了，滿意得不得了我說真的，就算是在人生最低潮時，我知道那是個低潮，但我知道我終究會走過那低潮，因為我臭屁又自戀，可是從今天下午開始就不行了，不行了；在那無名咖啡館裡，我凝望著他，抽香菸，喝咖啡，只是這樣子而已，就不行了，我覺得很不安，我沒有把握，他是那麼的成熟又優雅，他擁有我欠缺的這些，從他身上，我看見，看見我的缺，我毀壞了，我不喜歡那樣，我甚至沒有把握再問妳：愛我還是他？因為我害怕聽到答案，我沒有把握，我不喜歡這樣子的自己，我很自私我抱歉。』

「我——」

『對不起。』

打斷我，他說。

他還是不想聽到答案，我懂，所以我無力反駁。

我懂，就像那位小糖之於我一樣，我連見也沒見過她，就想像，光想像我就受不了。受不了。

『下個星期妳生日。』

「沒想到你知道。」

『嗯，我表姐告訴我的，聽了之後我的反應是恍然大悟，原來處女座真的很潔癖。』

我知道我是該笑的，因為他試圖想要緩緩這沉重的空氣，可是沒辦法，這空氣太沉重，沉重到我笑不出來，於是我沒笑，我問他為什麼。

『對不起，那是我們認識之後的第一次妳生日，可是我卻會缺席。』

認識。我聽出他說的是認識，而非相愛。

「因為你要去日本嗎？」

『嗯，機票訂好了，地點是東京，我是個行動派，從小就這樣。』

「如果我留你呢？」

如果我要任性的說我不要！我要你留下來！把那該死的機票取消掉！去他媽的東京！這是我們相愛以來老娘的第一個生日！我才不允許你缺席！你他媽的說什麼認識！明明就是相愛！明明！

『那答案還是對不起。』

「我就這麼不值得你取消一張去他媽的機票嗎？」

『這就是我想問妳的，我就這麼不值得妳改變嗎？』

「愛情裡有公平嗎？」

『沒有完全的公平，但有起碼的公平。』

我知道此時此刻是該妥協該退讓的，但是不知道為什麼，我的心軟弱了，可偏偏我的嘴卻還逞強：

「我們的愛情只剩下這種無聊的條件交換嗎？」

『愛情的本身難道不就只是條件的交換嗎？』他反問我，『我們用告白交換確認，我們用時間交換相處，我們用妥協交換繼續，我們用改變交換未來，我們用戒指交換永恆，我們用信任交換真心，直到……』

他哽咽。

直到我們不再願意交換了為止，因為不愛了，所以不換了。

我們不愛了嗎？

「我們不愛了嗎？」

望著他，我聽見自己這麼問；然後我發現，其實這陣日子以來的我自己，已經一點一滴的在改變，因為換作是以前，這種有風險的問題我是無論如何都不會問出口的，我說的是無論如何。

一點一滴的在改變，在愛上祥恩的這段日子以來，一點一滴的慢慢在改變，可終究、還是太慢了，是嗎？

愛情怎麼會是這樣？怎麼會是勉強對方為了自己改變？

『不是不愛了，只是想要把自己想清楚，然後再繼續愛。』

你怎麼有把握想清楚之後的還會是繼續愛？

我想問，但我沒問，我問的是：

「你要去多久？」

『預計一個月。』

眼淚掉下來，我聽見自己好逞強的用我們都熟悉的玩笑這麼說：

「一個月就一個月，但要記住別像某個曾經的大作家那樣喲，把一個月延長成一年——」

『嘿！』

「還有，要確定你爸爸不要突然的大發慈悲把儲蓄都捐了出去喲，因為——」

『嘿！我們不是不愛了，只是暫時的分開想清楚這樣而已，好嗎？』

不好。

『記得我說那本《失落的一角》嗎？或許我們只是滾動得太快，只是需要暫停下來想一想，這樣而已，好嗎？』

不好。

「那我們的三點零九分呢？」

他無解，他不知道，他沒想清楚。

「那萬一你想清楚之後決定不要再愛我了呢？」

『妳為什麼這麼沒有安全感？』

「你何不問問你自己呢？」

我反問，然後掉頭離開，接著我聽見他的聲音在我身後傳來，本來我以為他會說的是：

『我不去日本了，我他媽的陪妳過生日，過我們相愛以來妳的第一個生日！』

可是他不是，他說的是：

『我等妳，用這一個月，把自己想清楚，我們都想清楚，然後當我們再見面的時候，希望我們都在對方的心裡面！』

並且：

『這是我們的約定，好嗎？』

我沒有回答他好不好，因為我不想要他再看見我的眼淚，因為我們的距離太遠，遠得他沒有辦法看清楚，沒有辦法伸出手來輕拍我的背。

太遠。

我從來就知道失去是怎麼一回事，我只是從來就不喜歡面對這失去而已。

只是，那又怎樣？我該為此道歉嗎？

第十七章

有很長的一段時間，我不能翻閱我們的照片，因為我不想哭，對著照片掉眼淚並不適合我。

有很長的一段時間，我沒有辦法去到我們曾經去過的場所，因為回憶太擠，而當眾嚎啕大哭會讓我看起來很神經。

有很長一段時間，我不能夠說出你的名字，連聽也不能聽的那種不能夠，因為我知道我會哭，未語而淚先流，這句話只適合我寫，而不適合我做。

可是我其實一直在哭，用開朗的大姐姐姿態回應那些讀者來信時，用臭屁的口氣談論我的成就時，用恰到好處的神經質相處我的姐妹們時，其實我都在哭，在心裡哭。

我不知道幹什麼我要這樣，人前歡笑人後落淚，我只知道你對我而言不太一樣，不，是很不一樣。

在祥恩獨自飛往日本的那個下午，我隻身走進無名咖啡館，終於。

而時間是下午三點零九分，本來我和祥恩約定好在一起時就會Kiss反之則打電話的三點零九分，只是這次的三點零九分不再有Kiss也不再打電話，因為他在飛機上，而我，走進無名咖啡館。

終於。

推開這個曾經推開過無數次的沉重木頭大門，首先飄入我鼻腔的是熟悉的濃濃菸味混雜著濃濃咖啡香，接著我轉頭朝著冷漠老闆娘喊了杯熱咖啡，然後她老娘放下手指間始終點著卻不抽的菸，朝我點了個頭，從她的眼神裡我意識到她其實還記得我，我總懷疑她其實記得每個曾經來到這裡的人們，記得，卻又一貫的冷漠。

我不知道她為什麼要這樣，但我知道這裡的每個人都喜歡她這樣。

記得你，卻不認出你；把你放在腦海裡，卻不是在心裡。

剛剛好的距離，她和每個人的距離。

最角落的位子，我沒忘記，我們總坐著的位子，當我們還是失戀盟友時，當我們變成計劃共同未來的戀人時，我們總坐著的位子。

『嘿！終於等到妳了。』

而這是他開口的第一句話。

他，賴映晨。第一次讓我感覺到自己是在戀愛、而非處理一段名曰戀愛關係的男人，讓我愛透了卻也傷透了的，男人。

『嘿！你好嗎？』

而這是我開口的第一句話，在分手後的每天每天，在心底自我練習的話：你好嗎？

『老樣子，妳呢？』

他問，然後燃起一根香菸，很優雅的抽。

優雅，像貓一樣的優雅；冷冷的貓，像有時候的他，優雅。

「我很好，好得不得了。」

而這是我本來想要回答的話，在分手後的每天每天，在心底自我練習的話，我很好，好得不得了，沒有你，我還是可以過得好，過得更好！

可是我沒有這麼說，因為這不是實話，而我，終於學會誠實。

因為祥恩。

所以我說的是：

「不，我不好，在我們結束之後，有很長一段時間，我很不好。」

有很長一段時間，我很不好。我說，面對這個我曾經深深愛過的男人，我據實以告。

有很長的一段時間，我不能翻閱我們的照片，因為我不想哭，對著照片掉眼淚並不適合我。

有很長的一段時間，我沒有辦法去到我們曾經去過的場所，因為回憶太擠，而當眾嚎啕大哭會讓我看起來很神經。

有很長一段時間，我不能夠說出你的名字，連聽也不能聽的那種不能夠，因為我知道我會哭，未語而淚先流，這句話只適合我寫，而不適合我做。

可是我其實一直在哭，用開朗的大姐姐姿態回應那些讀者來信時，用臭屁的口氣談論我的成就時，用恰到好處的神經質相處我的姐妹們時，其實我都在哭，在心裡哭。

我不知道幹什麼我要這樣，人前歡笑人後落淚，我只知道你對我而言不太一樣，不，是很不一樣。

說真的。

好久以前的歌，彭佳慧唱的，有空的話你可以去翻出來聽聽，很好聽的一首歌，可能是她歌聲很棒可能是那歌詞很Feel可能是那旋律很行，我不曉得，我只曉得在我自己聽來它很適合失戀的人聽，簡直就像是為失戀的人量身打造的那種程度適合。

說真的。

好久以前的歌，彭佳慧唱的，很好聽的一首歌，有很長一段時間我每天每天聽它，我知道這樣只會讓我心情更不好可是不知道幹什麼我就是偏偏要聽它，我想這大概就是失戀時的SOP。

說真的。

我寧願你像歌詞裡那樣，在城市的另一端吻著另一張臉，而當初那句愛妳也許已經是你的底限了。這樣會讓我好過一點，因為如此一來，你就和其他的男人沒有兩樣，如此一來，我就可以在痛快的大哭一場之後把鼻子吸吸把眼淚抹抹，對自己說聲：什麼嘛！原來我的眼淚只是浪費我的傷心只是矯情。接著我會快活的打電話給我的姐妹們說聲：喂！明天滾出來吃飯哪！然後我掛上電話睡他媽的長長好覺，醒來之後我又是原來的我，寫愛情又恨愛情，希望每個人都幸福，卻打從心底不相信他媽的幸福這兩個字。

原來的我，活得表面，心不開放，這樣的我。

可是你沒有，你沒有，你還是在這裡，等著我，默默的，不打擾。

「可是你沒有。」

『我沒有，因為我懂妳，妳表面上歡迎被打擾但實際上妳不喜歡被打擾，妳不喜歡愛情是種打擾，我懂妳，因為我們有過很多很多的一天，很多很多共同的一天。』

他說，捻熄了菸，用一種如釋重負的表情，他又說：

『如果，我心底的那個她，其實已經死掉了呢？』

望著他，我發現自己的手越過桌面拿起了一根他的白色Marlboro，然後燃起，然後抽。

我不會抽菸，我討厭抽菸，可是此時的此刻，我真的很需要一根菸，抽。

『小糖已經死了，在我和她最後一次見面的不久之後，好像是胃癌吧，那家徵信社就只查到這麼多了。』

抽，抽著他的白色Marlboro我感覺我的心底有個什麼在鬆動，鬆動，直到他接著說——

『其實我不意外，我早心裡有底了，在妳找出她的書寄來給我之後，我心裡早就有了底了，因為她的文字，洩露了什麼，想傳達什麼，被動的，傳達給我，而終於，我看到了，我讀到了，所以，我心底有個底了。』

他不意外我怎麼突然的抽起菸來，他只自顧著說；就是在那個當下，心底的那個鬆動，消逝無蹤。

回憶裡的男人。

愛情的代替品。

他終究還是只屬於她，他終究還是個只屬於回憶裡的男人，他終究無法如我所願的愛我，他終究只適合被放在回憶裡愛。

他在這裡，在這收留每個寂寞的無名咖啡館裡等我，等我，卻不打擾我，只因為——

「她死了，可是你們的愛情還在，對不對？」

我問，然後捻熄了菸。

她死了，可他們的愛情還在，他寂寞，寂寞的無助他等待，等待的不是我這個人的存在，卻是我的代替，我的再代替。

抬頭，我望著他，望著眼前這個曾經擁有我未來而今成為我回憶的男人，我突然懂了，我懂了當時秋雯說的那句話：

——因為我知道哪個是回憶哪個是未來，妳呢？

我知道，知道了，只是我不知道，我是不是知道得太晚了？

起身，我聽見我自己這麼說：

「祝你幸福，真的，你要幸福。」

並且：

「我從來不祝我的前男友幸福，可是你例外，因為我真的希望你幸福，要幸福。」

『我還是妳的前男友嗎？』

「你只是我的前男友了。」

最後，我這麼說，然後離開，離開這無名咖啡館，離開困住了我這麼久的，死去的愛情。

離開咖啡館之後，我覺得心情很好，天氣很好，連他媽的小ＹＧ是不是真的會讓我請產假都隨便他好！

產假，沒錯，就這兩個字，產假。

『產假？這位大作家，請問妳請他媽的什麼產假呀？』

望著我的請假單，這是當時小ＹＧ太陽穴上青筋爆跳的原因。

『怎？妳他媽的是聖母瑪利亞，無孕生子不說還肚皮不會鼓起來？』

「這裡有點道理我得說給你聽聽。」清了清喉嚨，我好正經的說：「因為我的好朋友即將要臨盆生小孩當媽去，而身為她的好朋友我呢，當然得請他媽的產假陪她臨盆還握著她的手說聲You can make it!」

『這算哪門子產假！』好娘泡的，小ＹＧ吼了起來：『這明明就他媽的事假！』

「這位大編輯！事假要扣薪，產假給全薪，我瘋了才請事假，呸！」

『這位大作家！肚子大了才能請產假，我他媽的瘋了才准假！呸！』

「這位大編輯！我和秋雯姐妹情深，情深到她肚子大了我感同身受，這在文學語法該歸類到後設小說去！什麼都不懂嘛你！虧你還混藝文界，坦白說我對你感到很失望。」

『這位大作家！妳他媽的——』突然的剎了車，小ＹＧ整個好不安的問：『怎？突然的這樣笑是有什麼陰謀嗎？』

「嘿嘿～～」

『我知道妳和祥恩最近有點問題所以心情不太好導致腦子有點錯亂我諒解，但拜託妳別這樣嘿嘿賊笑好嗎？老天爺！每次妳這樣一笑我就知道準沒個好事！』

「這次是個好事了。」

我說，然後遞出真正想遞的東西給他。

『離職？』挑著眉，好不可思議的，他問：『怎？你們真的已經玩完了所以確定贏不到四萬就乾脆離職？』

「屁！我們只是暫時分開冷靜冷靜你別唱衰。」清了清喉嚨，我這會才說出本來就想說的話：「記不記得我們當初是怎麼約定的？」

『妳這麼一說我倒是想起來了。』曠世鉅作，他懂，『怎？大作家終於要復出重現江湖幫我們把樂透當壁紙貼還拍拍郭台銘肩膀喊他是個小老弟？嗯？』

「完全正確。」

『怎？進度如何？』

「好到一個破錶去。」

這話他笑了笑，然後又繼續娘泡的吼了起來：

『那妳剛才請啥的鬼產假只是在整我？！』

「對呀，怎麼開始的就怎麼結束的，你難道不覺得我們剛才的對峙還滿有紀念性的嗎？哈！」

『哈妳個頭啦！我差點沒被妳給氣到爆血管！』

「往後可沒這個福份天天被我當面爆血管了，要珍惜哪我說這。」

他氣到笑出來。

「你會懷念我的，要不要賭？」

他不要，因為他逢賭必輸，而我賭他會懷念和我對吼的日子。

賊兮兮的、他說：

『嘖嘖嘖，說來、你們早該分手的嘛！瞧妳這會兒文思泉湧的。』

「呸呸呸，我們只是暫時分開冷靜冷靜我就強調這最後一次！」

『好啦好啦，聽起來妳好像還滿愛他的哦？』

「嗯。」

『嘖嘖嘖，妳臉紅的樣子終於讓妳有點女人味了。』

「怎？這是要我緊接著來本穿小ＹＧ的惡魔不成？」

『不，那小ＹＧ早已經困擾不到我了，哈！而且為了以防萬一我可是準備好了人證物證的，哈！』

「是呀，搭個《佐賀阿嬤之笑著活下去》的順風車來本《台灣編輯之旅寶穿了沒》好了，哈！」

他崩潰：

『老天爺！產假就產假！反正老闆不在家，隨我怎麼批！哼！』

「哈！順便告訴老闆可以回來了，大作家要滾回家去寫作了。」

『這消息準會聽到他喜極而泣。』

「哼！隨你怎麼說。」

『好啦好啦，不佔用妳時間寫曠世鉅作了，就問妳最後一個問題：是怎麼開始的？這靈感？』

「從我們變成阿姨開始的。」

『哦？』

「嗯。」

我們變成阿姨了。

從那晚和葉俊曠在夜裡的籃球場暫時分手之後我們就沒再見過面通過話，不是因為賭氣逞強或者其他什麼的，而很單純的只是因為秋雯的時候到了，而時間就發生在我從籃球場離開正準備攔計程車的那一刻；果真如她堅持的、她正和大胖在士林夜市從頭吃到尾，一攤又一攤，以至於我沒有閒時間鳥心情回家吸地板卻是喊了台計程車直奔醫院去，接著十分鐘之後，淑婷和雅蘭也趕到。

而秋雯這個好命婆，雖然肚皮裡是個體重狠狠破四千的大傢伙，而她老娘生產過程卻簡直順利得活像只是放了一個屁，於是當我們三個人連她的手都還沒來得及握上時，這體重破四千的小傢伙在被打了個屁股之後很懂事的立刻哇哇大哭以宣告他的到來及健康。

在小傢伙的哇哇大哭宣示聲中，我聽見我們四個姐妹們整個好慾望城市的異口同聲：我們變成阿姨了。

我們變成阿姨了。

累得趴趴的回到家之後，不知道為什麼我做的第一件事情不是把自己狠狠摔到床上去睡他媽個長長好覺，卻是把自己丟到寫字檯前還削了一打尖尖的鉛筆，埋頭開始寫作。

我沒有再哭了，因為我明白我們只是暫時的分開，雖然我把手機關掉了，因為我明白在這暫時的分開裡，在每個三點零九分時，我的手機都不會再次響起，傳來我熟悉的對話：

『妳在幹嘛？』

「我在想你。」

很肉麻又幼稚，我知道，但那又怎樣？熱戀中的SOP，不是嗎？

暫時的分開。

希望只是暫時的分開。

真的，

希望。

對不起

sorry but I can't stop missing you

，我想你

終章

『為什麼是我？』

「我不曉得為什麼是你，我只曉得那個人是你。」

『白話文。』

「白話文是：如果有個人，我得和他一起老，那麼我會希望那個人是你。」

『為什麼？』

我想大概是這樣吧：

「因為當時你說希望我活到七十歲而你六十八時，那當下其實我就知道了，只是那當下的我並不知道我知道了，直到開始每天的三點零九分對我而言單純的只是時鐘上的三點零九分而已，這麼說你懂我意思嗎？」

就在從無名咖啡館離開去到醫院探探產後整個胃口大開，不、是胃口更開的秋雯，順便沒忘記要報仇的趁著其他人不注意時對著她新兒子放屁之後，累得趴趴的我回家，然後在我的公寓門前，我看到了個奇怪怎麼會出現在這裡的人。

「你？」

『我瘋了。』

「已經知道的事就不必再強調一遍了好嗎？」強忍住想要立刻跳進他懷裡來個公主抱還旋轉個兩、三圈的衝動，故作不在乎的，我輕描淡寫問道：「我問的是你怎麼會在這裡？某人難道此時此刻該要在東京爬他媽的鐵塔嗎？」

『東京鐵塔不是用爬的，它有電梯可以搭，妳沒知識也要有常識好嗎？老天爺！妳是怎麼活到現在的呀？』

混帳王八蛋！已經好幾天不見怎麼搞的嘴巴還是這麼臭！

「你很煩耶！我只是打個比喻懂是不懂？文盲就是文盲，趕緊退出作家界以免連帶丟我們的臉，哼！」然而重點是：「你到底搞什麼怎麼會在這裡？沒記錯的話你不是今天下午的飛機嗎？同樣的話就不要讓我問第二遍！王八蛋！」

『同樣的話也不要讓我講第二遍！』然後他又講了第二遍：『因為我瘋了！我他媽的一上飛機就開始想妳了！不，實不相瞞我這幾天都他媽的在想妳！可是天曉得為什麼一上了飛機這幾天來的思念就他媽的崩了潰！我想這大概是飛機上空氣很稀薄所以腦子難免會秀逗所以這完全說得過去！』

「說重點呀說重點！」

『重點是我一下成田機場就立刻又補機位飛回台灣來！這樣妳滿意了吧？』

很好，我滿意了，我整個滿意到破錶啦。

哈！

滿意到破錶的我，嘴巴還是很硬的逞了這麼個強：

「喂！你難道就不能溫柔一點嗎？你有沒有想過這可能是我們最後一次的見面呢？你怎麼都不想留下一個美麗的回憶嗎？」

『三個字，辦不到。』

嘖！學人精。

好呀好呀！每個人都來學我這招牌三個字辦不到沒有關係呀！王八蛋！

『我是趕著回來回答妳問題的。』

「哦？」

『回答完我會立刻再原機飛回日本賞他媽個東京鐵塔還順便朝著富士山猛拍照！』

「好呀好呀，那為了不耽誤您老大時間就請很快回答然後原機飛回日本賞他媽個東京鐵塔還順便朝著富士山猛拍照而且還要多拍幾張照因為某人畢竟是個賣臉的。」

『妳再耍嘴皮子我就不要回答了。』

他惱羞成怒，我只好適可而止：

「好啦好啦，洗耳恭聽，洗洗洗，請——」

『妳白痴哦！』氣到笑出來，他清了清喉嚨，『上次妳問我，我們不相愛了嗎？』

「是呀，然後某人——」

『我剛是跟妳說了什麼？』

「好啦好啦，洗耳恭聽，洗洗洗，請——」

強忍住笑，他故作正經：

『我這邊的回答是我們當然媽的還相愛！妳呢？』

「我這邊的回答當然又是三個字——」

話還沒說完，他就立刻冷了臉還轉了身掉了頭只丟下這句話：

『我真後悔瘋了這一次。』

「喂！你給我站住！老娘都還沒說完你就他媽的知道我要講的是哪三個字了咧？」

『用手肘想也知道是妳招牌的辦不到。』

「所以我說你的腦子還是偶爾要用用，原來你長久以來一直就用手肘在思考難怪會是個賣臉——唔……好啦好啦，」清了清喉嚨，我整個人不自在到臉紅紅：「是比我比較不招牌的三個字啦。」

轉過身，面對我，他等說，說那三個字。

然後我就說了：

「辦不到。」

『嘖！死性不改。』

「好啦好啦，這次是真的啦！」揉著肚子止住了笑，用一種前所未有的認真口吻，我說：「我愛你。」

他望著我，他笑。

「我他媽的當然愛你！千真萬確的愛上你了！只愛你了！混帳！還不快點過來給我三點零九分兼公主抱再順便轉三圈！」

三點零九分，公主抱，轉三圈，以及其他。

躺在他的懷裡，在說完這幾天的種種錯過之後，望著粉紅色的天花板，我聽見他好奇的問：

『我表姐不是捐了萬把塊給妳？怎麼搞的天花板還這顏色？』

哈！開玩笑的啦！他其實問的是：

『為什麼是我？』

「我不曉得為什麼是你，我只曉得那個人是你。」

『白話文。』

「白話文是：如果有個人，我得和他一起老，那麼我會希望那個人是你。」

『為什麼？』

我想大概是這樣吧：

「因為當時你說希望我活到七十歲而你六十八時，那當下其實我就知道了，只是那當下的我並不知道我知道了，直到開始每天的三點零九分對我而言單純的只是時鐘上的三點零九分而已，這麼說你懂我意思嗎？」

『嗯，大概懂。』

「還有，他叫賴映晨，過去我很愛他，不過那也已經過去；沒有和他的過去就不會有我們的現在和未來，所以這事還有困擾到你嗎？」

搖搖頭他笑了笑，翻過身他摟住我：

『所以呢？妳——』

「有，我發現你戒菸了，這個決定我欣賞。」

嘆了口氣，他好哀的說：『那妳可不可以戒掉這個老愛打斷別人說話的壞習慣呀？』

「好吧，我試試。」

他瞪我，但眼神裡卻帶著笑。

「還有，對不起。」

『什麼對不起？』

「對不起，我想你。」

『突然的，說什麼呀？』

說老娘這星期以來每天每天都想對你講的話！王八蛋！

「雖然只是分開了一個星期而不是一個月，可是我就他媽的想你，很想你！老天爺！我想我大概也愛瘋了。」

把臉蛋帥帥的紅起來，他說：

『嗯。』

「就這樣？」

『不然咧？』

王八蛋。

『那很公平呀。』

「什麼公平？」

『記不記得上次妳問我，愛情裡哪裡有公平？』

「嗯。」

『愛情裡是有公平的，就看愛裡的兩個人願不願意而已。』

「我說，關於愛這東西，哪還需要你這臭小子教大作家我呢？」

指了指寫字檯上我凌亂的手稿，我暗示他：坦白說對於他都進門這麼久了卻還沒發現到這個驚人發現讓我有點小不開心。

『是啦是啦，大作家是重新回來了，但有沒有過氣就得走著瞧了。』

「你！」

『開玩笑的啦！』揉了揉我的頭，他問：『所以呢？妳到底是在哪找到妳的曠世鉅作？』

指著他胸口心臟的位置，我回答：

「在愛裡。」

我回答，後傾身吻上他，或許應該說是，三點零九分。

The End

國家圖書館出版品預行編目資料

對不起, 我想你 ／ 橘子著. --初版，
臺北市：春天出版國際，2007 [民96]
-- 面； 公分. --（橘子作品集；15）
ISBN 978-986-6899-59-1（平裝）
857.7 96010481

橘子作品 15

對不起，我想你

小說作者◎橘子
企劃主編◎莊宜勳
封面設計◎克里斯
美術設計◎陳偉哲

發 行 人◎蘇彥誠
出 版 者◎春天出版國際文化有限公司
地　　址◎台北市信義路四段458號3樓
電　　話◎02-7718-0898
傳　　真◎02-7718-2388
E-mail◎frank.spring@msa.hinet.net
郵政帳號◎19705538
戶　　名◎春天出版國際文化有限公司
法律顧問◎蕭顯忠律師事務所
出版日期◎二○○七年七月初版一二刷
◎二○一五年五月初版一○一刷
定　　價◎199元

總 經 銷◎楨德圖書事業有限公司
地　　址◎新北市新店區寶興路45巷6弄6號5樓
電　　話◎02-8919-3186
傳　　真◎02-8914-5524
印 刷 所◎鴻霖印刷傳媒股份有限公司

ISBN 978-986-6899-59-1
Printed in Taiwan